愛執弁護士は秘め続けてきた片恋を一夜限りで終わらせない

m a r m a l a d e b u n k o

砂 川 雨 路

JN178302

marmalade bunko
マーマレード文庫

目次

愛執弁護士は秘め続けてきた片恋を一夜限りで終わらせない

愛執弁護士は秘め続けてきた片恋を一夜限りで終わらせない

プロローグ

「あなたのことが好きだったなんて言っても、信じてくれないでしょう」

いつもは撫《な》でつけてある前髪が幾筋かほつれ、私の頬に触れる。そんな距離に私たちはいる。

身体の奥まで響く声に、私はぎゅっとつむった目を薄く開けた。

目の前にあるのは印象的な濃い茶色の瞳。普段は人を食ったような表情ばかりが気になるけれど、こうして間近で見るこの人は、なんて綺麗《きれい》なんだろう。高い鼻梁《びりょう》と薄い唇のバランス、のどぼとけのライン、緩んだ襟元から覗《のぞ》く鎖骨のくぼみ。神様が気まぐれを起こして作り上げたのではと思えるほど完璧だ。

潔癖にすら見える清潔感ある佇《たたず》まいが、こうした瞬間には艶やかに乱れると、私は知らなかった。

彼は今、私の上に覆いかぶさるように四肢をつき、見下ろしている。

「羽間《はざま》さん……」

「今は名前で呼んでください。忘れてしまいましたか?」

「よ、陽《よう》さん……」

「敬語なんていりませんよ。芹香《せりか》さん」

そう言って、彼は私の唇に形のいい唇を重ねた。甘く粘膜を交わらせ、そっと離す。

「あなたこそ……敬語……」

「俺はこのままでいいんです」

そう言って彼は私の耳元に唇を寄せた。耳朶《みみたぶ》を食《は》むようにキスをしてから、低くささやく。

「俺が普段通りの方が、あなたは興奮するでしょう？」

「っ……そんなこと……！」

「この先何度も思い出してください。昼も夜も、会うたびに」

そう言って彼は私の首筋に赤い痕がつくくらいのキスを与えた。

1　苦手な相手は顧問弁護士

　月曜日のオフィスは慌ただしい。週の頭で、誰もがエンジンがかかりきらない中、雲間工業《くもまこうぎょう》株式会社法務部の面々は己を駆り立て、仕事を始める。

「あー、またたよ。営業二課、契約書溜《た》めすぎじゃない？」

「金曜にメール投げて帰るの、やめてほしいよね。この件なんて急ぎじゃん。午前中つぶれるよ」

「中途入社社員の雇用契約書、人事から戻ってきてる？」

　飛び交う声を聞きながら私もメールをチェックする。契約書を催促した営業社員からは言い訳メールがいくつか入っていた。

　雲間工業株式会社は国内では老舗《しにせ》の樹脂プラスチックメーカー。私、鶴居《つるい》芹香はこの会社に勤務して五年目。法務部に所属し、主に契約書の作成管理、審査を担当する係についている。

　法務部メンバーは現在十名なので、二千人規模の会社からしたら少数精鋭といえるけれど、要は万年人手不足の多忙部署でもある。

私がこの部署にやってきたのは約二年半前だ。

若手がばたばたと辞めてしまった時期で、誰でもいいからできそうな人員を！と法務部長のレスキュー要請で総務部から異動となった。

確かに大学では企業法務を勉強したけれど、司法試験に挑んだわけでもないのにと不安でたまらなかった。そんな私も、最初の頃よりは戦力になれている……かもしれない。

「鶴居さん、今日、羽間先生来るよね」

法務部の山野《やまの》部長に尋ねられ、予定を再確認する。

「はい。十時半にお見えですよ。応接室を取ってあるので、お通ししますね」

私の返事に山野部長が頭を掻《か》いて困った顔になった。

「わー、やばい。うっかり営業とミーティング入れちゃったんだけど、ちょっと押しそうなんだよ～」

「羽間先生にリスケをお願いしますか？」

「いや、朝に裁判所へ寄るって言ってたから、もう事務所を出発してるかもしれない。それに無理言って空けてもらった時間だからなあ。……鶴居さん、ちょっと場繫《ばつな》ぎしてて。急いで戻るから」

私は心の中で『え〜?』と不満丸出しの声をあげた。顔には出さなかったが、無言で山野部長には伝わってしまったようだ。

「羽間先生、イケメンだけど癖があるもんね。鶴居さんが苦手なのはわかるんだけど」

「いえいえ、苦手だなんて」

「弁護士事務所との担当窓口をやってる鶴居さんが一番羽間先生と仲がいいんだし、頼むよ〜。ね?」

私は複雑な笑顔で、「わかりました」と返事した。

羽間陽先生は、我が社の顧問弁護士だ。

三十二歳とまだ若く、昨年春に事務所のボスである十河《とがわ》先生から雲間工業の顧問弁護士の仕事を譲り受けた。優秀な人なのは間違いないんだけれど、なんというか人柄が……。


十時二十五分、オフィスに来客を告げる内線が総合受付から入った。

私はいつも通りオフィスの廊下へ迎えに出る。エレベーターから降りてこちらにやってくるすらっと背の高い男性の姿。

目をみはるばかりに整った顔立ちの彼が、私に向かってにっこりと微笑んだ。

「鶴居さん、おはようございます」

羽間陽弁護士。おそらく百八十五センチ以上ある高身長、ドラマの主役を張ってもおかしくないくらい整いきった顔立ち、さらに職業は弁護士ときているのだからこれほど恵まれた人はそういないと思う。

一方、すこぶる人の好い笑顔を見せているが、この人がそのますますこぶる印象がいいかというとそれは別の話だ。

「羽間さん、おはようございます。お越しいただきありがとうございます。こちらへどうぞ」

法務部オフィス内には小さな応接室があるので、そこに案内する。ペットボトルのお茶を出しに戻ると、彼は長い手足を窮屈そうに折り曲げてソファに座っていた。

「山野から少し遅れると言付かっております。申し訳ありません」

頭を下げると、羽間さんは眉を上げ、わざとらしく微笑んだ。

「山野部長はいつもお忙しいですからね」

「前の……会議が押しそうということで。羽間さんをお待たせしてしまい、本当に申し訳ないです」

「結構ですよ。私も次の予定がありますので、お約束の時間を過ぎたら失礼させてもらいます」

羽間さんはあっさりそう答える。顧問先の担当者に媚《こ》びるなど絶対にしない人だが、彼のボスである十河先生が好々爺《こうこうや》といった雰囲気の優しい弁護士だっただけに、ギャップを感じずにはいられない。冷たいというか、意地悪に聞こえてしまうのだ。

場繋ぎを頼まれた身として、このまま下がっていいものかと考えて世間話を振ることにする。普段からまったく喋《しゃべ》らない仲ではない。むしろ、羽間さんへの連絡役として、一番彼と話しているのは私だ。

「今日は一段と寒いですね。エアコンの温度は大丈夫ですか？」

「ええ、問題ないです」

「この後もご予定があるそうですが、ちょっと危なそうな空模様ですし。雪が降りださないといいですね」

羽間さんは目を細める。その笑顔だけ見たら、絵画のように美しい。

「鶴居さんが私と話してくれるのはとても嬉《うれ》しいですが、お仕事は大丈夫ですか？それとも山野部長がお越しになるまで、話し相手を務めてくださるんですか？」

「山野は間もなく参りますので。私は失礼します」

邪魔に思われたかなと一歩引くと、こちらの様子をうかがうような視線とぶつかった。

「さては、山野部長、私との打ち合わせの約束を忘れて会議を入れてしまったのでしょうか？」

図星すぎるが、絶対に顔に出せない。

「よければ、そちらにかけてください。私だけ座っていると偉そうでしょう」

「はい……」

山野部長の『時間稼ぎ指示』まで見透かされているようで、背中に冷たい汗をかきつつ、私は言われるままに彼の前の席に腰かけた。

「そうそう、先日はわざわざ資料をお届けいただきありがとうございました」

羽間さんは私の顔色など意にも介さない様子で続ける。

「鶴居さんが持ってきてくださった資料ですが、いくつか誤表記がありました」

「え！　大変失礼しました！」

思わず大きな声を出してしまった。

彼の所属する十河法律事務所に届けたのは、雲間工業の社内規定の見直し草案だ。

歴史ある企業だけに社内規定には現代的ではない部分もあり、経営陣からはコンプライアンスの徹底を各所に盛り込んだ内容にしたいと言われていた。羽間さんには、法務部で作成した草案を確認してもらっていたのだ。

直接届けたのは一応機密資料だからで、窓口役の私にはたびたびこういった仕事も回ってくる。

「ふふ、あまりに単純な漢字表記のミスだったので、小学校の教諭の気分でした。見直されないのかなと」

目を細めた笑顔は綺麗なのに、形のいい唇から出てくるのは嫌味なのだ。まあ、こちらが悪いんですけどね！

「至急、担当に伝えまして、新しいものを近々にお届けします」

「ありがとうございます。まあ、こんなことを鶴居さんに言っても困りますよね」

わざとこういう言い方をするのは暗に『同じ法務部なんだから、こっちに渡す前に自分で資料くらい見直せ』と言いたいのだろうか。いや、お遣い役として私を軽んじているのかもしれない。

「私が見直せばよかったですね。お忙しい羽間さんに二度手間三度手間をかけさせてしまい、恐縮です」

「とんでもない。鶴居さんこそ、日々とてもお忙しいでしょう。くださるお電話は慌ただしいですし、メールの誤字もたまに面白いですからね。先日の『お世話になっとります』は笑ってしまいました」

その指摘は間違いなく私の恥ずかしい打ち間違えミスなので、ぐうの音も出ない。私は悔しさを隠しきれず、唇を噛《か》みしめた。

「いつもご迷惑をおかけしております」

「いえいえ、鶴居さんが窓口を務めてくださって感謝していますよ。あなたとお話しするのは楽しいですから」

い、嫌な男〜と心の中でつぶやいたところで、応接室のドアがノックされ、山野部長が入ってきた。私はさっと立ち上がり、ドアの前へ移動した。

「羽間先生〜！　お待たせして申し訳ありませ〜ん！」

このコミュニケーション術で部長までのし上がったんだろうなという媚び媚びの声で、山野部長が挨拶をし、羽間さんも人の好い笑顔を見せた。

「鶴居さんがお相手してくださったので、楽しいひと時でしたよ」

「いや〜、羽間先生はお心が広い。それにしたって、会議がこんなに長引くなんて参りましたよ。うちの営業は本当にルーズで！　すみませんねえ〜」

手揉《ても》みせんばかりに羽間さんの前に腰かける。

「失礼します」

打ち合わせを始めるふたりに一礼し、私は応接室を出た。

「苦手～」

応接室の外で、おえっという顔でつぶやいてしまう。

羽間陽はとびきりクレバーで格好いいけれど、なんとも意地悪でやりにくい仕事相手である。


その日の帰り道、たまたま以前の部署である総務部の先輩とエントランスで一緒になった。加納利奈《かのうりな》先輩は入社から異動直前までとてもお世話になった女性だ。

「今日の鶴居は、羽間弁護士に嫌味を言われてイライラしてる、と」

降りだした雪で電車が遅延しているため、私たちは会社近くのカフェで温かいカフェオレを飲んでいる。ふーっと息を吐き、私はマグをテーブルに置いた。

「確かにこっちのミスですし、私も確認してから渡せばよかったと思いますけど、言い方が嫌味なんですよ、あの人」

「鶴居の考えすぎじゃな～い？　総務から見ると印象いいけど。営業部の子らも『顧問の羽間先生、格好いいし優しそう』って言ってたよ」

「直接、話せばわかりますよ。口調は丁寧なのに、いちいち引っかかる物言いをするんですよね」

「それは、鶴居を構いたいだけじゃないの？」

以前の十河弁護士と比べて、羽間さんが面倒なタイプなのは、法務部員ならなんとなく察しているだろう。でも、直接関わらない社員は、あの綺麗な顔と弁護士という肩書にころっと騙《だま》されてしまうのかもしれない。

「嫌味くらい言わせておきなよ。モデルか俳優かってお顔を見られて、お腹に響くセクシーボイスを間近で聞けるんだから、ありがたいと思ってさ」

案の定、騙されているひとりの加納先輩は人差し指を唇にくっつけ、ふふふと笑っている。私は眉間に深い皺《しわ》を寄せて答えた。

「そういう下心で見てませんので」

「鶴居らしいなあ。そのスタンスはいいと思うよ。でも私だったら、あんないい男と頻繁に仕事で会う立場じゃぐらっときちゃうな～」

「ぐらっときますか？　あの人に？　本気で？」

「くるよ。格好いいじゃない。しかも出身大学もいいとこで、四年時には司法試験に受かってるんでしょ？　普通は法学部の後にロースクールに通って受かるものじゃない。すごいよねえ」

「加納先輩、詳しいですね。さすが総務部、情報通」

「いい男に対するアンテナは張ってあるの。婚活うまくいかない歴だけ増えていく女を舐《な》めないでちょうだい」

加納先輩は現在三十歳。二十代の頃から婚活にいそしんでいるけれど、いまだぴんとくる男性とは出会えていないそうだ。

「先輩は美人でしゃきっとしていて同性から見たら魅力的なんですけどねえ」

「男はみんな甘めな雰囲気でおとなしそうでちょっと隙がある女がいいのよ」

「すごい決めつけ」

そして、それがわかっているならその方向に自分を寄せてみればいいのではなかろうか。いや、加納先輩の性格上無理だろう。ショートボブにスリムなパンツスーツ、シンプルでクールなスタイルを好む彼女、私は格好良くて好きなんだけどな。

「言っておくけど、鶴居も私寄りだからね。生真面目さと堅さが男を近寄りがたくしてる。きゅるんって可愛い顔してるのに、もったいない雰囲気が出ちゃってる」

仲のいい先輩とはいえ、ひどい言い様だ。可愛いってちらっと褒められた気はするけれど……。

「じゃあ、話を戻しますけど加納先輩の恋人候補として、その羽間弁護士はいかがですか?」

面白半分で提案してみると、加納先輩は顔の前で手を横に振った。

「あ〜、無理無理。格好いいし、ぐらっとはきちゃうけど、結婚相手としては見られない。現実味がなくて」

「現実味?　というと」

「なんか、ドラマの中の人って感じ?　顔もスタイルも頭脳も完璧な独身弁護士だよ。条件よすぎて裏がありそうでしょ」

「実は裏社会と繋がりがあったりとか?」

「女遊び激しすぎて、隠し子がいちゃったりなんかして」

「あははは」

ふたりで笑った後、私はふと思い出して付け足した。

「あ、でも羽間さん、確か婚約の話があったんでした」

「え?　そうなの?」

「彼の事務所のボス弁が山野部長と飲んだときに教えてくれたそうなんですけど、社長令嬢を紹介したって。確か結婚前提で交際中とか」

「え〜、残念〜」

加納先輩が大仰に悲鳴をあげ、私はまた笑った。

「恋人候補にならないんじゃなかったんですか？」

「自分で結婚したいわけじゃないけど、イケメンが知らん女のものになるのは残念だわよ」

「推しを見る気分に近いんですかね、加納先輩のそれ」

そのとき、テーブルに置いた私のスマホが振動した。

「メッセージ？　ご家族？」

表示された【鶴居春江《はるえ》】の名前。加納先輩の質問に、私は「母です」と嘆息し、メッセージを開いた。

「はあ、またです」

「なになに」

私は画面を加納先輩に見せる。

【知り合いの息子さん、今度会ってみない？】という文面の後に、スナップ写真が添付されてある。

加納先輩が画面をしげしげと眺め、私に視線を移動させた。

「そうなんです。何度断っても、こういう連絡をしてくるんです。うちの母」

「お見合いじゃん」

　私はげんなりため息をつく。実家の両親は早く私に結婚してほしいらしい。

「鶴居、ひとりっ子って言ってたもんね。心配なんだよ～」

「でも、両親の希望は地元の人と結婚して、近所に住んでほしいってことなんです」

　加納先輩が眉をひそめる。

「実家はどこだっけ」

「福井です」

「福井、いいじゃん。越前ガニ美味しいし、恐竜博物館あるし」

「いや、福井は私も好きですけどね。やりがいを持って働いている職場と東京暮らしを、そう簡単にやめられないじゃないですか。だいたい、昔は『勉強しろ、いい大学に行け』だったのに、東京で就職したら『地元に戻って、身を固めてほしい』ってダブスタにもほどがありますよ」

　まあ、そうだよねえ、と加納先輩が相槌《あいづち》を打つ。おそらくは母が送ってきた男性の写真が、彼女の好みとはかけ離れているから、強く推さないのだろう。

「私は、あんまり結婚願望もないですし……恋愛経験も豊富ではないですし……、こう、誰かと生きていくために頑張るぞって思考にはなれないんですよ。それならひとりで満喫できる趣味に時間を割きたいっていうか」

「鶴居が教えてくれる店、みんなひとり飯に最適なところばっかりだもんね。ひとりでスーパー銭湯を満喫する方法とか、鶴居から学んだよ……」

私の趣味であるソロ活動の数々を理解してくれる加納先輩が好きだ。『ひとりでごはんや旅行なんて寂しくない？』とは絶対に聞いてこないし、『私もやろう』と言ってくれる人なのだ。

「そんなわけで婚活する気もお見合いする気もないんです」

近くにいるハイスペ弁護士が、いかに素敵でも私には関係ない。

確かに羽間さんは格好いいとは思う。本当にちょっとだけ、顔や声は好み……かもしれない。出会い方が違えば好きになっていたかもしれないと思わないでもない。

（まあ、羽間さんも婚約者がいるわけですし）

そう、彼は苦手なお仕事相手。何か起こることを期待する相手でもなければ、加納先輩みたいに目の保養に使う気もない。

（既婚者になったら、もう少し性格が柔らかくなるといいなあ。無理っぽいけど）

そんなことを考えていると、電車が動きだしたという通知がスマホに入った。

「契約書がない〜？」

その日、私は内線電話で思わず大きな声をあげてしまった。

電話の相手は営業部のひとつ年下の社員だ。その榎木《えのき》という社員は平然と答える。

『どうやら、あちらが紛失してしまったようで』

「同じ社内とはいえ、ふたつの部署に計四部ですよ。どちらも同じように紛失したとは思えませんけど」

『そうは言ってもですねえ』

その声はどこか笑いを含んでいる。俺にそんなこと言っても仕方ないじゃん、とでも言いたげだ。私はため息をかみ殺し、答えた。

「わかりました。再発行しますので、早急に先方に依頼してください。契約日についても先方にご承知おきいただきたく、前もって連絡してくださいね」

言うだけ言って内線を切った。ほとんどの営業担当が真面目に契約書関係を整えてくれるが、中には榎木くんのように処理がずぼらな者が何名かいる。法務部は契約書を作成し営業担当に渡すまでが仕事なので、戻ってくるのに時間がかかる担当は日ごろから声かけをするようにしているんだけど。

「紛失は参ったなぁ」

新たな商品の取引契約なので、商材が流通に乗る前に契約書を取り結ぶのが社内の規定だ。多くの契約は、現在電子契約書に移行しているのだけれど、営業部や取引先からの希望で紙の契約書を発行することもままあるのが現状。

「それは、本当に紛失でしょうか」

ふと真横で低い声が聞こえた。首をひねると、私の顔の横に羽間さんの顔。ノートPCの液晶を覗き込んでいる。

「羽間さん！　どうしました!?」

飛び上がりそうになりながら尋ねた。今日、来るとは聞いていない。

「部長とお話が。近くに来ていたので、寄ったところです」

「応接室にご案内しますから！」

焦る私に、羽間さんは平気な顔で続ける。

「聞こえてしまったので、一応。先ほどのお電話の件です。契約書を再発行する前に、その取引先に確認すべきですよ」

「確認……というと、私が直接客先に連絡するということですか？」

「そうです。すでにあちらが契約書に押印した後だとしたら、この再発行は意味が変わってくると思いませんか？」

いや、榎木くんは取引先側が契約書をなくしたと言っているのだ。契約を結んだ後ということは……。

「榎木くんが押印済みの契約書をなくした可能性があるということですか？」

羽間さんは綺麗な目を薄く細め、微笑む。

「鶴居さんも不審に思っていたでしょう。同じ会社とはいえ、別部署に渡した契約書がそろって紛失はあり得ない」

「それじゃあ、榎木くんは取引先に頭を下げて、契約書の再押印をお願いするつもり……？」

「それならいいですけれどね。鶴居さん、その取引先の過去の契約書はありますか？」

私は急いで書架から過去の契約書の分厚いバインダーを持ってくる。羽間さんはバインダーを開き、私に指し示した。

「過去の契約、社名が手書きで印鑑が社長の個人印だった時代があります」

「はい。かなり前ですけど、社名変更で会社印が作り直しになって、一時的に社長の個人印で契約書を通していた時期があると聞いています」

「偽造ができてしまうんですよ」

私はぞっとして思わず羽間さんと顔を見合わせた。

「有印私文書偽造……！」

面倒事は後回しのずぼらな榎木くんなら、事の重大さよりも保身で動く可能性は充分ある。

山野部長がオフィスに戻ってきたのが見えた。羽間さんがにっこり微笑んだ。

「それでは、営業担当者が罪を犯す前にあなたが頑張ってくださいね。信用問題に発展するのはすでに確定ですから、割り切って早急に行動するといいと思います。わかりますよね」

余計なひと言をつけて、彼は山野部長のもとへにこやかに去っていった。

結果として、本件は羽間さんの言う通りとなった。

営業の榎木くんが締結済みの契約書を汚損。その時点で法務部に連絡してくれればよかったのに、『仕事をサボって行列のできるラーメン屋にいたため、ラーメンをこぼして汚損したことが露見するのが嫌で黙っていた』という返答には言葉がなかった。

私に契約書をせっつかれなければ、自分が担当を降りるときまで知らんぷりするつもりだったという。

いよいよ私の追及が日々厳しくなり、謝るのも嫌なので契約書の雛型《ひながた》だけもらい自分でサインをしてしまおうと考えたらしい。

取引先に卸したのは試作品用の部品で、最小ロットだったため印紙は不要。そしてやはり代表者印は社長の名前の印鑑を自分で購入し、押印するつもりだったそうだ。

彼は、直属の上司と法務部の山野部長に『自分が何をしようとしていたか考えろ』とこってり絞られたそうだ。正直、危ういところだったのだから、叱られる程度で済んでよかったと思ってほしい。

(羽間さんに言われなかったら、気づかなかったかも)

ぞっとしつつ、私は羽間さんにお礼を言わなければとぼんやり考えていた。


年度末が近づき、法務部も例外なく忙《せわ》しない空気が流れている。

この日、私は羽間さんを訪ねていた。部長から頼まれた書類の受け渡しもあるが、個人的に先日発生した契約書偽造未遂事件のお礼のためだ。

「鶴居さんは優しい方ですが、あまり人を信用しすぎるのはいいこととは思えませんよ」

事務所の応接室で、羽間さんはいつもの調子で言う。嫌味を差し挟むのを忘れないのは、この人の習性かもしれない。私はひきつった顔で、必死に愛想よく振る舞おうとしていた。

「羽間さんのおかげで解決しましたので、本当に感謝しています。も、もう少し注意深く仕事しようと思います……！」

「鶴居さんはしっかりしていますし、そこは好感を持っていますが、時々抜けているのは事実ですね」

怒るな怒るな。相手はこっちを挑発しているんだ。私をからかって面白がっているんだ。

ぴくぴく眉を震わせていると、羽間さんが時計を見た。

「おや、お昼時ですね。外に食べに出ようと思うのですが、鶴居さんもいかがですか？」

確かに時計はちょうど十二時をさしたところだ。昼食の予定は考えていなかった。本来なら羽間さんと一緒に昼休憩を過ごすのはちょっと嫌だ。しかし、個人的なお礼としてランチをご馳走《ちそう》すれば、この件はすっきり終わるのでは？　少なくとも私の中ではすっきりする。

「ご一緒します」

朗らかに答えると、羽間さんが意外そうな顔をした。

あれ、もしかして誘いは社交辞令だったのかな。

「……てっきり断られるかと思いました」

「え、あ、お断りすべきでしたか？」

焦って間の抜けた返事をしてしまう。すると、羽間さんはふっと目元をほころばせた。

「いえ、すごく嬉しいですよ。行きましょうか」

それは思わず見とれるような笑顔だった。

驚いた。そうやっていつも優しく微笑んでくれたら、最高に格好いいのに。いやいや、いくら彼の顔立ちがまあまあ好きだからって現金だぞ、私。

自分を叱りつつ、彼の後について十河法律事務所を出たのだった。


事務所近くの洋食店は路地裏にあり、蔦《つた》の這《は》うおしゃれなお店だった。銀座《ぎんざ》という立地もあってそれなりの価格帯だ。予約客が多かったけれど、ふたりがけの席に座ることができた。

しかし、ふたり席ってテーブルが小さいせいか距離が近いように感じる。こんなに近い距離で向かい合ったのは初めてじゃなかろうか。

「お好きなものを」

「ええと、私、このドリアがいいです」

「じゃあ、俺はポークソテーにします。食後にコーヒーはいかがですか？」

羽間さんの一人称が『俺』になったことに気づき、思わずまじまじと顔を見てしまった。彼もそれに気づいたようで、少しはにかんだように悪戯《いたずら》っぽく笑う。

「今は休憩時間ですからね」

「そ、そうですね。あ、食後、コーヒーいただきます」

「では、注文しましょう」

なんだか、ちょっと職場から離れただけで、羽間さんとの距離感が変わってしまったように感じる。恋愛脳ではないと自負があるけれど、妙な思考になってしまうのは自意識過剰だ。そもそも、羽間さんの見たことのない笑顔が全部悪い。驚いた顔からの優しい微笑……、こっちの感覚がおかしくなる。

いや、きっとこれはただの緊張だろう。最後に恋愛をしたのは大学時代だし、一般的にハイスペイケメンといえる男性と食事の機会なんてなかった。だから、私が緊張するのは普通のことに違いない。

「鶴居さんは、俺が十河から引き継ぐ数年前に法務部に異動してきたと言っていましたね。その前は総務部だったとか」

「あ、はい。人手が足りず、法学部出身というだけで異動になりました。いまだに半人前で恥ずかしい限りです」

これは法学部を出た私の勝手なコンプレックスではあるんだけれど、やはり法学部のトップエリートは司法試験を目指す人たち。私は端《はな》からそういうつもりで入学していない。親に勧められ、『偏差値が高くて就職に有利そう』という理由で大学の法学部に入っている。そもそも親が熱望していた第一志望の有名大学は落ちているのだ。

だからこそ、総務部から法務部に異動になったときは、『これは相当頑張らないと、迷惑をかけるぞ』と人一倍真剣に取り組もうと決めた。

「雲間工業の法務部は少数精鋭で、鶴居さんは立派な戦力だと思いますよ」

じっと熱心にこちらを見る羽間さんの瞳に、思わずどきりとしてしまう。はっきりとした二重の目を、これほど真正面から見たことがあっただろうか。濃い茶色の虹彩は輪郭がはっきりしていて澄んでいる。

「鶴居さんが熱心で優秀なのは、山野部長から伺っています。他者への対応が柔らかいのに、言いたいことはきちんと言う。そういう美点を考慮されて、俺のような面倒くさい顧問弁護士の担当に任じられているのでしょう。頼りにされているのでは？」

なんで、今日に限ってこんなに褒めてくれるのだろう。困りつつ、照れくさいのをごまかしたくて視線をそらした。

「面倒くさいって、ご自身で言います？」

「鶴居さんの顔がいつもそう言っていますので」

「わ、私そんなにわかりやすいですか？」

「今の発言、肯定になっちゃってますが、大丈夫ですか？」

何を喋っても墓穴を掘りそうで、私はぐっと押し黙った。羽間さんは気を悪くするどころか楽しそうに笑っている。

やはり、からかわれているのかもしれない。彼からしたら顧問先の担当者を上手に懐柔しておこうといったところだろうか。私ばかりが焦って馬鹿みたいだ。

「そうですか……法学部出身」

羽間さんが蒸し返してひとり言のように言うので、一応説明を追加しておくことにした。

「あの、羽間さんの出身大学とは偏差値がかなり違いますので……」

実は、羽間さんの母校である国内トップクラスの有名私大の法学部が、私の第一志望大学だった。さらに親は私を法曹関係の仕事につかせたかったようで、ロースクールへの入学試験やその先の司法試験を受けないと話したときはそれなりに揉めた。

　羽間さんが私をじっと見つめる。

「二十七歳でしたっけ。今更学歴コンプレックスもないでしょう」

「ええ、そうなんですが」

「今、鶴居さんが法務部で活躍しているのだから、進路選択は大成功ですよ。あなたが選んだ道だ」

「あ、ありがとうございます」

　弁護士先生って口がうまいな。悔しいけれど、ちょっとだけ懐柔されそうになってしまった。

　でも、親には散々否定された進路を、羽間先生に認めてもらって気が楽になるのを感じた。

　ランチはとても美味しかった。しかも奢《おご》ろうと思っていたら、外に出るタイミングで「お気遣いはいりません」と言われてしまった。

　どうやら、私が見ていないところで支払いは終わっていたらしい。そういった素振りはなかったので、事務所に請求がいくようになっているとか？　詳しく聞けないが、これではお礼どころか奢られてしまっている。焦って私は言った。

「今日はお礼も兼ねて、私がと思っていたんです」

「お気持ちだけ頂戴しますよ」

「私の分くらいは」

羽間さんはゆっくりと首を振り、財布を取り出そうとした私の腕を押さえた。

「そうですね。今度、御社の慰労会に十河とお邪魔しますので、その際にお酒でもご一緒しませんか」

「ええ……それはもちろんですが」

「顧問弁護士と担当者、円滑な仕事のために親交を深めるということで」

私が嫌そうな顔をしていたのがバレているというのに、こういう提案をしてくれるなら、羽間さんは嫌味だが大人だ。私は深々と頭を下げた。

「はい。今日はご馳走様でした」

並んで店を出るときに、女性客の視線を感じた。やはり羽間さんは目立つ。弁護士というスペックを抜きにしても、俳優か何かではと思わせるくらいの整った容貌だ。

そして、その横にいる地味なオフィスカジュアルの私は、どう見ても彼の同僚かマネージャーといった雰囲気……。

　そこまで考えて、ふと思い出した。

「あ、あの、事務所の近くでこんなふうにお食事をご馳走になってしまい申し訳ありません。羽間さんのお立場的に、女性と食事というのはよくないのではないかと……こちらから気をつけるべきでした」

　羽間さんは一瞬きょとんとし、それから面白そうに少し腰をかがめて私の顔を覗き込んできた。

「もしかして、俺に婚約者がいると聞いて心配していますか？」

「……はい。十河先生経由の……噂《うわさ》で……」

　申し訳なくて、噂という言葉が小さくなる。

　すると、羽間さんは小さく笑って言った。

「ご安心ください。婚約の話はなくなりました」

「え？」

「振られてしまいましたので」

　あまりににこやかにそう言われ、私はなんと答えるのが正解だったのか。「シツレイシマシタ」とかすれた声で言うのが精一杯だった。

年度末の慰労会というのは、山野部長が主催する法務部の飲み会だ。顧問弁護士の十河先生と羽間さんを招いて食事会をするのだけれど、だいたい山野部長と仲がいい総務部長や経理部長なども参加する。緩い会なので二次会以降は他の部署の社員も合流して賑《にぎ》やかにやるのが常だ。

お店の選定はここ二年は私が担当。一次会はおしゃれなイタリアンダイニング、二次会は十河先生の好きな日本酒多めの割烹《かっぽう》と決めた。座敷を取ったので、あとあと人が増えても大丈夫だろう。

一軒目のイタリアンは弁護士ふたりを上座に設定していたため、私は羽間さんと話す機会がなかった。二軒目の割烹では参加メンバーも増え、幹事の先輩とお酒の注文や、途中参加の人たちの会費徴収などをしているとあっという間に時間が経っていた。

ようやく手が空き、少し座ろうかと座敷の片隅に腰を下ろす。すると、隣にやってきてすとんと座ったのは羽間さんだ。どきりとしたのは、先日の『お酒を一緒に』の誘いを結果として反故《ほご》にしてしまっていたからだ。

「お疲れ様です。忙しいですね」

「ばたばたしまして、すみません」

「鶴居さんは、昨年も会の間中駆け回っていましたね」

「……一番下っ端なので仕事が多いんです」

私だって、のんびりお酒が飲めたらいいけれど、どうしたって若手が会の運営をしなければならない。

ところで、羽間さんはずっと上長たちに囲まれてお酒を飲んでいたように見えた。会を楽しんだというより、気疲れさせてしまっていないだろうか。

「羽間さん、ちゃんと食事できましたか？　お酒、何か注文されますか？」

手元が空なので尋ねると、彼は緩く首を振った。

「たくさんいただきました。結構酔っているんですよ」

「え……全然そうは見えませんけれど」

口調は平時のまま、頬や首筋が赤いなんてこともない。綺麗な焦げ茶色の瞳もことさら潤んでいたりはしない。

「顔に出ないだけなんです」

それにしたってアルコールの気配も見えないぞ、この人……。しかし、飲んでいるところは目撃しているので、もしかして相当アルコールが強いのでは？

「鶴居さんは注文を取ってばかりで食事もお酒もほとんど楽しめていないでしょう。

お酒を勧めるのは立場上問題があるので、ひとまずこちらでも」

そう言って羽間さんは伏せてあった使用前のグラスにウーロン茶を注いでくれた。さらに、近くのアジフライの皿を寄せてくれる。

「やっとお話ができますね」

アジフライをもそっと口に入れた横で、頬杖《ほおづえ》をついた羽間さんがつぶやいた。

私を覗き込む視線は、普段より緩んでいる気がする。頬杖というのも、彼らしくない隙のある態度な気が……。

あ、これがアルコール効果？　すごくわかりづらいけれど、やっぱりこの人も少しは酔うのね。

「待っていてくださったんですか？」

「それはもう。今日は鶴居さんと話せるのが楽しみで来たんですよ」

そう言って、ふわっと笑う。緩んだ表情が幼くなって可愛い。

待って待って、あなたはそう簡単に隙を見せる人じゃないでしょう。そんな油断した笑顔を大衆に晒《さら》したらまずいんだから。

心の中がうるさくて、動揺から鼓動が速くなるのを感じた。

「申し訳ないです。まだ、注文を取らなきゃいけないので、ゆっくりお話しできそうもないかも……」

視線をそらしたのは、不覚にもときめいている自分がいるから。

いや、私じゃなくても普通の女性ならドキッとすると思う。綺麗な顔で覗き込まれたら誤解しそうになる。ちょっとだけゆっくりな口調も、柔らかい視線も緩んだ口元も、普段と違って……。

(色っぽいって男性に使える言葉だっけ……でもそんな感じ)

羽間さんが目を細め、少し顔の角度を変えた。楽しそうな様子に、やっぱりアルコールの影響があるのだと実感する。こんな彼、見たことがない。

「もう、注文なんてみんな好き勝手に頼んでいますよ。鶴居さんは鶴居さんで、少し休憩してください」

「そ、ですね」

「俺の愚痴くらい、聞いてくれてもいいでしょう」

端の席で誰も聞いていないからって、そんな蠱惑的《こわくてき》な瞳で私を見ないでほしい。一人称もいつの間にか俺になっている。

「愚痴……ですか」

「婚約が駄目になったって言ったでしょう。その件です」

そうだ。先日、振られたと言っていた。いや、厳密にはずっとその言葉が私の頭にあった。傷ついた話をわざわざ言わせてしまった申し訳なさと、彼が今、名実ともにフリーであるという事実が、今日この瞬間まで頭の片隅に居座っていた。

いやいや、彼がフリーだからってどうした。私は恋愛脳じゃないし、加納先輩みたいに恋人募集中じゃない。そんな加納先輩だって言っていたじゃない。『現実味がない』って。この人はそういう相手。

「彼女は……十河先生が紹介してくれた女性で、長年お付き合いのある老舗店のお嬢さんでした」

低く、静かに話しだした彼に、かすかに頷《うなず》いて相槌を打つ。周囲の喧騒《けんそう》から、ここだけ隔離されたみたいだ。

「何度か食事をして、映画や美術館に出かけて、順調だと思っていたんですがね。突然、他に好きな人がいると」

私は言葉に詰まる。同時に、やっぱり羽間さんが付き合って釣り合うのは、どこぞの令嬢クラスの女性なんだなあと確認してしまい心になぜかダメージが……。

「あなたにしているような意地悪な物言いはせず、紳士の態度を心がけていたんですけどね」

「な……、私に意地悪してるって、自覚があったんですか？」

「鶴居さんの反応が楽しくて。立場もありますので、パワハラにならない程度にしていたつもりですが」

「まったくもう、充分パワハラですよ。ひと言の嫌味に傷つく私の身にもなってください」

「傷ついているというより、対抗心を燃やしているように見えたもので」

それについてはあまり否定できない。この人に恥ずかしくない仕事をしようという気持ちは確かにあったもの。

「まあ、俺のこういう性根の悪さが彼女にもバレてしまったのかもしれませんね」

そう言う羽間さんの表情はしんみりしていた。

顔がいいというのはこういうとき恐ろしいほど得だと思った。悲しみをたたえるその横顔は、一枚の美しい絵のようで、ただひたすらに静謐《せいひつ》だ。

単純に美に惹《ひ》かれる気持ちと、私にもかろうじてある女の部分が彼の悲しみに寄り添いたく思ってしまう。母性に近い庇護欲《ひごよく》だ。

「羽間さんは……、性根が悪いんじゃないでしょう」

「そうですか？」

「そりゃ、嫌味は言いますけど、私はいつも頼りにしてます。この前だって助けてもらったわけですし。それに十河先生が、羽間さんを後釜にしたいっておっしゃったときにものすごく褒めていらっしゃいました。賢く知見に優れるだけでなく、誠実で人間味溢《あふ》れる男ですって」

羽間さんがこちらを見て、困ったように頬を緩める。

「十河先生とは父が懇意なんですよ。だから、過大評価してくれているんでしょう」

「そんなことないですよ。いちいち人間性まで褒めませんって。私も法学部でしたけど、法曹の世界で働こうと考える人の多くが誰かを助けたいから目指すんじゃないですか？」

私は言葉を切って、少し考えてから言った。

「私は、意地悪さえ言わなければ羽間さんが結構好きですよ。この先もずっと一緒にお仕事をしていきたいです」

羽間さんの表情に一瞬何かが過ったように見えた。笑顔の隙間に見えた無表情。深い焦げ茶の瞳に何かが閃《ひらめ》いたようにも見えた。

しかし、すぐにそれらは掻き消え、柔らかな笑顔に変わった。それも見たことがないくらいの満面の笑みだ。

「嬉しいな。鶴居さんにそんなふうに言ってもらえて」

「ええと、少しは元気が出ましたか？」

なんだかかなり色々な話をしてしまった気がする。恥ずかしくて、ことさら明るく尋ねる私に、羽間さんが頬杖の格好で目を細めた。

「もう少し、優しくされたいですね」

「え？」

「こんなときに、あなたが慰めてくれたら嬉しいのに」

どういうことだろう。混乱し、酔ってもいないのに頬が熱くなってくる。膝の上の手にそっと彼の指先が触れた。

「一緒に過ごしたいって言ったら通じますか？」

他の誰にも聞こえないかすかな誘い。

え？　それは、今この瞬間？　それとも……この後？

そのときだ。

「鶴居ー、ちょっといいー？」

座敷の入口で幹事の先輩が呼ぶ。私は「はい！」と必要以上に大きな声を出して、勢いよく立ち上がった。驚いたとはいえ過剰反応してしまったことを恥じたが、見れば羽間さんは気にしていないようだ。

「いってらっしゃい」

「はい……いってきます」

普通に送り出されてしまった。廊下に向かいながら、心臓のバクバクが止まらない。

嘘《うそ》でしょう。羽間さんが私を誘っていた。

あれは間違いなく『今夜どう？』の意味だ。

私みたいな女でもいいくらい寂しいの？　打ちのめされているの？

いや、彼からしたら私程度の女は相手にするまでもない。きっといつもの『意地悪』だ。反応を見て楽しんでいるんだ。だって、『面白い』存在らしいんだもの。

……だけどもし、彼が本当に深く傷ついていて、週末の夜にひとりで家に帰りたくないほど孤独だったらどうしよう。

私だって失恋の経験くらいある。たとえ、納得ずくの別れでも自分を全否定されたような気分になった。彼ほどハイスペックな男性は、もしかしたら『振られる』『選ばれない』という経験が極端に少ないのかもしれない。

私はフリーだ。今のところ、結婚願望もない。

彼が今夜温度を欲していたとして、私が嫌じゃなければ応えたって問題ない……。

「鶴居、ここはもう締めよう。時間だ」

先輩に声をかけられ、思考の中からハッと戻ってくる。

「はい！　会計済ませてきます」

「頼む。山野部長も十河先生も酔っぱらってるから、俺はタクシー手配してくるわ。三次会は各自勝手にやってろってことで」

先輩がスマホで配車の手配をする間、私は会計を済ませ、会の終わりを座敷に告げた。

酔った人たちをタクシーに乗せるのは男性陣が頑張っていた。女性陣はほとんど帰途につくようで、男性らの幾人かが三次会メンバーを募り、騒がしく次の店を探している。

十河先生に肩を貸してタクシーまで運んだのは羽間さん。ほとんど眠っている十河先生を後部座席に乗せると、彼は近くにいた私にそっとささやいた。

「送ってきます」

「え、あ、はい」

「もし、鶴居さんにその気があるならエックスワイホテルの一階ラウンジで待っていてください」

「え、ええ……？」

「嫌なら来なくていいんです」

表情は飄々《ひょうひょう》としたいつもの様子だったけれど、透明感のある目に見えたのはすがるような寂しさ。

「あなたが選んでいい」

私にしか聞こえないささやきを残して、彼はタクシーで去っていった。

幹事の先輩や他の同僚たちと撤収の確認をし、それぞれ帰途についた。私はスマホを見る。エックスワイホテルは現在地からほど近い立地のラグジュアリーなシティホテルだ。

（からかわれてるのかもしれない）

私はスマホのマップアプリを見つめる。徒歩六分と表示されているのはホテルまでの道のり。これじゃあ、行く気満々ではないか。

（遊び相手にされる……たぶん、そう）

一夜の暇つぶしの相手に顧問先の担当者を選ぶなんていい度胸をしている。彼と寝たい女性はたくさんいるだろうし、きっと相手に苦労したことなんてない。私がのこのこ顔を出せば、引っかかったと心の中で舌を出されるに決まっている。

（だけど、あの寂しそうな顔が頭から離れない……）

簡単につられてチョロすぎると自分を罵倒しながら、一方で考えた。

こちらも遊びにしてしまえばいいのではないだろうか。

（セックス……最後の彼氏以来してないから、六年ぶりくらいかな……）

このまま誰とも結婚しなければ、金輪際セックスの機会もない。それほど性欲があるわけではないけれど、これから年齢が上がればいっそう機会は減るだろう。

最後の相手として羽間陽は悪くないかもしれない。ハイスペックで、顔や雰囲気が好きで、……正直に言えばちょっとだけ憧れている人。

（お互い、一度だけの関係なら）


到着したホテルは、私が気おくれしているせいかもしれないが、場違いなくらい豪華に見えた。夜の街を歩いてきた目にシャンデリアの光が眩《まぶ》しい。指定通りのラウンジに向かう自分に、いまだ何をやっているんだろうという感情が巻き起こる。それでもさほど待たずに現れた羽間さんを見て、胸は高鳴っていた。

「来てくれたんですね」

そう言って私に手を差し伸べた彼は、急いでやってきた様子だった。わずかに紅潮した頬と緊張感を孕《はら》んだ視線。

「たまには、こういうのも悪くないかなと思っただけです」

必死に大人ぶって答え、彼の手を取らずに立ち上がる。しかし、右手をしっかりつかまれてしまった。熱い手だった。

「嬉しいです」

ぐっと引き寄せられ、耳元で響くハスキーボイス。

「傷ついた男を慰めてくれるなんて、あなたは親切だ。……いや、取り繕うのはやめます」

唇が耳に触れる。びくっと身体を揺らした私は、おそるおそる彼を見上げた。

私を射貫く綺麗なブラウンの瞳には、確かな熱情があった。

「あなたに触れたい」

「……羽間さん……」

腰を抱かれ、エスコートされるようにラウンジを出る。エレベーターへ向かうところを見ると、部屋はすでに手配済みなのだ。用意周到すぎてやっぱり遊び人だと実感するけれど、遊びだと割り切ってついてきたのは私。

そうだ。一度くらい、思い出を作ったっていい。

私はもう親に勉強を強いられてきた子どもじゃないし、ひとりで気ままに生きている成人の女。自分で選択したという意味では、ひとりで映画を観たり、食事をしたりすることの延長だ。

だって、こうして腰を抱かれて歩く瞬間が嫌じゃない。彼との夜に期待している自分が確かにここにいる。

上階のツインルーム。室内に入るなり、羽間さんが私と向き合うように腰を抱き直した。

「やっとふたりきりですね」

背の高い彼が少し背を丸めるようにして、私に顔を近づけている。綺麗な顔が近くて、私は狼狽《ろうばい》した。

「えっと、待って……ください」

窓からは都心の夜景が見える。カーテンを閉める必要がないほどの部屋だと思いながら、これからする行為を考えて、羽間さんの手を振りきり窓辺に駆け寄った。

ロールスクリーン型のブラインドを閉めようと手をのばすと、後ろから羽間さんが手を重ね、ブラインドを閉めてくれた。重なっているのは手だけじゃない。高身長の羽間さんに後ろにぴったりと密着されると、覆いかぶさられているような状態になる。

「鶴居さん、逃げないで」

「……逃げてません。ちゃんと、あなたについてこの部屋に入りました」

「それは、同意と取ってもいいんですか？」

腰をそっと抱かれ、背中に彼の温度を感じる。心臓が爆発しそうだ。

「慰めてほしいと、羽間さんが言ったから……」

「慰めてくれるんですか？」

「私もたまたまそういう気分だっただけです。誰とでもするわけじゃありませんし、これっきりのことですから」

言い訳だらけだ。自分に言い聞かせているのが、きっと彼にもわかってしまうだろう。

「充分です」

羽間さんが私の耳元でささやいた。耳にキスされ、びくんと身体を揺らすと、後ろから抱きしめられた。

「あ、あの……シャワーを……」

「後でふたりで浴びましょう」

「待って……、ん」

顎をとらえられ、首の角度を変えられたと思ったら、キスをされた。

(私……羽間さんとキスしてる……!)

優しく重ねられた唇は、すぐに深く重ね直される。情熱溢れるキスに、驚いてしまって抗うこともできない。

くるんと身体を返され、向き合う格好で抱きしめられると、キスはもっと深くなった。舌を絡められ、歯列を舐め上げられ、身体が震える。

(気持ちいい。……この人、やっぱり遊び人だ)

女性を喜ばせるキスの習得に、この人が何人の女性を相手にしたかはどうでもいい。今、この人は私を喜ばせるためにキスをしている。

とろけそうなほど気持ちがいいのに、何度も何度も深く求められ、吸い上げられ、そのしつこいくらいの情熱に息も絶え絶えだ。

「は……ざまさ……」

腰がくだけそうになって、ようやく唇が離れた。彼が脱力しかけた私を抱き寄せ、間近く見つめている。細められた瞳によぎる情熱。苦しいくらいに歪《ゆが》んだ綺麗な顔。

「やっと触れられた」

「え……」

聞き返す間もなく抱き上げられた。背の高い彼からしたら、私など軽々といったところだろうか。狼狽する間もなくベッドに下ろされ、顔の横に両手がつかれた。かすかにベッドがきしむ。

「待って」

「待ってもいいですが、することは変わりませんよ」

悪戯っぽく笑う彼は、いつもの彼だ。抱擁とキスに普段の羽間さんとは違う男としての側面を感じていた分、ホッとしたのは束の間のこと。一気に羞恥心も湧いてきた。思わず目をぎゅっとつむったのはそういう理由だった。

「あなたのことが好きだったなんて言っても、信じてくれないでしょう」

頬に彼の前髪が触れた。キスしておいてなんだけれど、こんなに近いところにあの綺麗な顔があると思うと、今更私でいいのかと感じた。

薄く目を開けたら、透明感のある焦げ茶色の瞳とぶつかった。

「羽間さん……」

「今は名前で呼んでください。忘れてしまいましたか？」

忘れてなんていない。口には出さなかったけれど、名前まで綺麗だと思っていたから。

「よ、陽さん……」

「敬語なんていりませんよ。芹香さん」

彼もまた私を名前で呼んだ。その響きだけで全身がしびれるようだった。

また重ねられた唇は、もうすっかりお互いの温度も湿度も知っている。さっき、初めて重ねたとは思えないくらいしっくり馴染《なじ》む。

「あなたこそ……敬語……」

「俺はこのままでいいんです」

羽間さんはそう言って、耳朶を柔く食んだ。そしてささやく。

「俺が普段通りの方が、あなたは興奮するでしょう？」

「っ……そんなこと……！」

「この先何度も思い出してください。昼も夜も、会うたびに」

思い出したりしない。これはひと晩だけの遊びの関係。そう思いながら、私の首筋をきつく吸う彼の後頭部に指を這わせた。

「痕が……」

「一生懸命隠してくださいね。隠さなくてもいいですけど」

「配慮してください」

「ああ、もうまた敬語」

笑って、羽間さんは強引に口づけてくる。キスで翻弄させて、私の理性を奪いたいのだとしたら、その目論見は成功だ。彼のキスで私は完全に陥落し、すべてを明け渡していいと視線で伝えてしまっているもの。

だけど……。

「陽さん！」

私は持てる理性をかき集め、必死に彼の頬を両手で挟んだ。

「今夜限りです」

「はい」

「だから、あなたも敬語はやめて。素を見せて」

間近にある羽間さんの目が丸くなる。それからおかしそうに細められた。

「芹香さん、あなたは本当に面白い」

そう言って、軽くキスをされる。唇が離れた瞬間、彼の表情が一気に野性味を帯びたように見えた。

「じゃあ、遠慮なく。俺の好きにさせてもらうよ」

素の喋り方を初めて聞いた。馬鹿みたいだと思うけれど、その変化で私の鼓動はいっそう高鳴っていた。

「ひと晩で足りるかな。俺の気持ちをわかってもらうのに」

「え、え？」

「力抜いて。抜かせてあげなきゃ、駄目？」

何度目かの深いキスに粘膜を侵されながら、私は彼の首に腕を巻きつけた。

その夜は、思い出にするには濃厚すぎる夜だった。

アルコールの勢いでもなく、ただの同情でもなく、私は私の意志で羽間陽に抱かれた。

ひと晩限りのつもりで。

2　求む、大人の対応

光を瞼《まぶた》に感じた。朝がきたのだと、ぼんやりした頭が認識する。

薄く目を開けると、ブラインドを閉めた窓から朝日が漏れていた。何時かよくわからないけれど、今日はよく晴れているようだ。

春の初めということもあって朝はまだ冷えるものの、この部屋の空気は空調が効いていて暖かかった。

でも、待って。私は寝るときにエアコンは消す。そして、ブラインドと自分で言っておいてなんだけれど、私の部屋はカーテンだ。

そこまで感じて、私は薄く開いていた目をぱちっと開けた。

見知らぬ天井。掛け布団から出た肩は素肌。そして、猛烈にだるい身体。

じわじわと衝撃が全身に充満していく。

「おはようございます」

横で聞こえた声に、私はびくんと身体を跳ね上がらせ、勢いそのままに上半身を起こした。おそるおそる左隣を見やれば、そこには羽間陽の姿があった。

私の方を向いて、腕で頭を支えて寝そべっている。そのくつろいだ姿。布団から覗く肢体は同じく素肌だ。

（ああ……）

私は言葉もなく、凍りついた。

忘れたなんて言えない。酒の勢いとも言えない。

（羽間さんとセックスした……）

ひと晩の出来事が一瞬でよみがえり、全身が沸騰しそうになった。なんて恥ずかしいことをしてしまったんだろう。今にもこの場から逃げ出したい。

羽間さんのすべてにとろけさせられ、感じたことのない快楽を与えられた。性的な経験が多くないため、セックスがこれほど気持ちのいいものだと、私はこの年齢まで知らなかった。いや、羽間さんと抱き合わなければ永遠に知らなかっただろう。

（そのくらい……すごかった）

おそらく赤い頬をしている私に羽間さんが面白そうに言う。

「固まってますね」

「いえ、……あの」

「チェックアウトの時間まで間があります。せっかくの休日ですし、もう少し休んではどうですか？」

　その口調も表情もいつも通りだ。オフィスや彼の事務所で話すときの羽間さんの様子。

　しかし、ふっと目が弓のように細くなる。

「あまり寝かせてあげられなかったですしね」

「……っ！」

「芹香さんが可愛らしくて、俺も余裕がありませんでした。どこか痛いところはないですか？　少し心配です」

　蠱惑的に微笑み、白々しい心配を見せる羽間陽に、私の頬はますます熱くなる。心配する必要などないと彼が一番わかっているはずだ。

　彼に翻弄され、必死でしがみついていたのは最初だけ。そのうち、私自身も本能のままに彼を求めていた。もっともっとと甘えた声を出していた自分が恥ずかしい。昨晩をなかったことにできるスイッチがあるなら、今すぐ押す。ノータイムで押す。

「羽間さん、あの」

　震える声で口を開いたけれど、彼の目が見られない。気まずくて、なんと言っていいかわからないのだ。

「シャワーに……行ってきます」

当座、この場から逃げたいがための言葉が出た。そうだ、頭を整理しよう。

羽間さんは笑顔で答える。

「昨晩、ふたりで浴びようと言って忘れてしまいましたね。一緒に行きましょうか」

「いえ！　ひ、ひとりで、行きます！　別々に……！」

ほぼ悲鳴みたいな返事になってしまった。羽間さんは私の拒否を意にも介さずニコニコしている。

ベッドの下に落ちているニットをばさりと頭からかぶり、シャツやスカート、下着をかき集めバスルームに逃げ込んだ。

バスルームはトイレや洗面所とは独立していて、思いのほか広い。熱いシャワーを頭から浴びる私はさながら滝行のように動けなくなっていた。

（やってしまった……）

こうなった原因を必死に考える。通常の判断では起こり得ないことが起こった。

そう、彼の婚約がなくなったと聞いたときから、私は少し変だった。羽間さんのことがいつも以上に気になったし、私の言葉で傷つけてしまったのではと心配だった。

そんな中で、羽間さんから直接誘われた。彼からしたら退屈しのぎの一環だろう。

わかっていながら一夜の遊びに応じてしまった私は、そんなに欲求不満だったのだろうか。

（いや、違う。どっちかっていうと、身体より気持ちが、羽間さんに近づいてた）

嫌味だけど頼りになる顧問弁護士が、私にだけ見せてくれた弱い部分。そこに惹かれてしまった。私でよければ、と母性が疼《うず》いてしまった。

（って、こんなに簡単に引っかかって、やっぱりチョロすぎでしょ！）

恥ずかしさと自己嫌悪に頭を抱えてかぶりを振る。しかし、すぐにがばっと顔を上げた。もろにシャワーのお湯を浴びてむせつつ、割り切ろうと自分に言い聞かせる。

（これは一夜の遊び。いい経験ができたと思おう）

私だって、大人の女だ。男性と割り切った関係を結んだって変じゃない。相手がハイスペイケメンだったのだから、私は『楽しんだ』側だ。

そもそも羽間さんとどうにかなりたかったわけではない。このまま誰とも付き合わず、おひとり様ライフを送るにあたって、最後にいい男と素敵な思い出を作ってみようと好奇心を出しただけ。その結果大成功に終わったではないか。

（だけど……！）

全身によみがえる昨晩の羽間さんとの思い出に、割り切ろうと息巻いている大人の女が悲鳴をあげる。私は頭を抱えてバスルームの床にへなへなとしゃがみ込んだ。

思い出にするにはあまりに鮮烈。激しく、情熱的な夜だった。

セックスがうまいという表現では足りない。羽間さんは、女性をメロメロにする術《すべ》を知りつくし、それを余すところなく私に実行した。

何度もささやかれた『可愛い』『綺麗』という言葉だけならまだしも、『好き』『離したくない』『ずっとこうしたかった』を繰り返されると、こちらも頭がおかしくなりそうだった。

（あれじゃ、まるで私のことを好き……みたいじゃない）

駄目だ、駄目だ、間違えるな。

あれこそ、モテ男のテクニックじゃないか。そうやって遊び相手を夢中にさせて、都合よく懐柔するのだ。

私は騙されない。一方的に搾取されてたまるもんか。

昨晩は同意の上の大人の遊び。パートナーのいないふたりが、快楽を追求しただけ。

彼の思惑とは違うかもしれないけれど、私は一度寝ただけの相手に恋したりしない。

「よし……！」

私は勢いよく立ち上がった。シャワーのお湯が口に入って、再びむせる。

格好つかないけれど、頭の整理はついたぞ！

シャワーから出て髪を乾かした。メイクははげてしまっているけれど、仕方ない。服をきちっと着込み、タイツだけベッドの下に置いてきてしまったことに気づく。後でこっそり穿《は》こう。

ともかく部屋に戻ると、羽間さんはバスローブ姿で冷蔵庫の水を飲んでいた。

「朝食、レストランに食べに行きましょうか。俺がシャワーを浴びるまで十分ほど待っていただけますか？」

「羽間さん、その前に……昨晩のことです」

私は意を決して、彼の目を見つめた。しかし、私が続きの言葉を発する前に、羽間さんが平然と答えた。

「いい夜でしたね」

いい夜って……。

またしても身体に残る彼の感触が思い出され、ぶわっと顔が熱くなった。しっかりしろ、私の中の大人の女！

羽間さんが私のもとへ歩み寄ってきた。大きな右手が私の頬を包む。

「あなたの感じている顔も、甘い声も、忘れられません」

「忘れましょう!!」

間髪入れず、私は叫ぶように言った。ここで丸め込まれるわけにはいかない。

「一夜限りの大人の関係ですよね！　私も羽間さんもちょうどパートナーがいなかったから、同意の上でそうなった。それだけです！」

羽間さんは綺麗な目をわずかに丸くした。それからゆっくりと三日月型に細める。口の端がきゅっと吊《つ》り上がった。

「つまり、芹香さんは『なかったことにしたい』と」

明らかに余裕綽綽《しゃくしゃく》の表情を見せる羽間さん。私ひとりが焦っている。それでも主張すべきところは主張しておかないといけない。

「……はい。仕事上、これからも関わるわけですし、昨晩のことは忘れましょう」

羽間さんの笑顔がわずかに陰ったのは気のせいだろうか。それを確認するより先に、彼の腕が私の背を抱き、引き寄せた。すっぽりと腕の中に包まれ、ひと晩中鼻孔をくすぐっていた彼の香りに、記憶がいっぺんによみがえり、駆けめぐる。

「そんなこと、わかりきった上であなたを抱いたのに」

耳元でささやかれ、心臓が爆音で鳴り響きだした。破裂してしまうかもしれない。

そしてもっと恥ずかしいことに、身体が勝手に期待しているのだ。ずんと重く感じる奥底が疼いている。

そんな私を煽《あお》るように羽間さんはささやいた。

「好きだよ、芹香」

「え、わ、ちょっと」

「ひと晩中言ったのに、よすぎて聞こえてなかった?」

「わ――――!!」

恥ずかしさが臨界点を超えた。私は羽間さんの身体を勢いよく押し、抱擁から脱出して距離を取った。そして、めちゃくちゃに鳴り響く心臓の音に負けないように叫んだ。

「忘れましょう!!」

「俺は忘れませんが」

面食らう様子もなく、羽間さんは笑顔だ。

「でも、芹香さんの希望は理解しました」

「お互いのために、何卒!」

「ひとまず、シャワーに行ってきます。朝食、一緒に行きましょう」

そう言って、バスルームへ向かう羽間さんを見送り、私は青ざめていた。

「……全然、言うこと聞いてくれなそう……」

一夜の思い出、大人の遊び。そんなつもりだったのに、彼は様子が違う。どうしよう。今夜のことをネタに何か要求されたら。会社にバラされたくなかったら都合のいいセフレになれとか言われたらどうしよう。

むしろこれら全部が、いつものからかいの一環かもしれない。私が困った顔をするのを喜んでいるのかもしれない。

「ごめんなさい。帰ります」

絶対に聞こえないけれどつぶやいて、私は財布を取り出した。スマホでささっと調べたところ、このホテルのツインルームは……おお、やはりそれなりのお値段。いいホテルだもんね。

全額払うと、あとあと面倒だ。半額きっちりその場に置き、メモスタンドに走り書きを残す。

【用事があるので、先に帰ります。ありがとうございました】

忘れていたタイツをそそくさと穿いて、コートを羽織る。そして、脱兎《だっと》のごとくホテルを後にしたのだった。

週が明け、月曜日がやってきた。

私はいまだ混沌《こんとん》とした気分のまま、オフィスに出勤している。

土曜日、ホテルから逃げ帰り、頭から布団をかぶって寝てしまった。日曜日はシネコンで気になっている映画を連続で観ようと思っていたけれど、なんとなくそんな気分にもなれず家でだらだらと過ごした。

そうして、月曜日である。気分はまだすっきりしないが、会社に行かないわけにもいかない。少なくとも、彼は同じオフィスにはいない。あくまで仕事相手なのだ。

(羽間さんの連絡先、知らないでよかった)

厳密に言えば、彼の仕事用の携帯番号は知っている。しかし彼は、私のプライベートの連絡先は知らない。

つまりは会社を通さないと私たちが直接会うことはないのだ。

(だからこそ怖いところもあるんだけど)

つまり、社内で彼があからさまに私と関係があるような口ぶりで話せば、あっという間に噂になるだろう。よくも悪くも、そういった話は伝わるのが早い。

いや、とにかくそんなことを気にしていては駄目だ。彼だって馬鹿じゃない。私と噂になったところで楽しくもないだろう。むしろ、私の拒否ムードであてが外れたなら、他に都合のいい存在を探す可能性もあり、私と関係したなどとは口外しないはずだ。

昼休憩は加納先輩にランチに誘われた。雲間工業には小さいけれど社員食堂があるが、今日は席がいっぱいで空きそうもなかった。仕方なく私と先輩は、社食で販売しているサンドイッチを手に、総務部のある一階のテラスで昼食にした。中庭に面した場所にいくつか椅子とテーブルが置いてあるのだ。社員の休憩用だが、たまに打ち合わせに使う者もいる。

「金曜の飲み会、どうだった？」

加納先輩に言われ、私はカフェオレのパックを握りつぶしそうになった。

いやいや、彼女は世間話として話しているんだから、落ち着いて、私。

「盛り上がってましたよ。総務の川原《かわはら》部長も二次会から参加してました。確か三次会も行ったんじゃないかなあ」

「あの人、ホント飲むんだよね。なんか金曜飲みすぎて昨日まで胃が変だったって今朝言ってたよ。鶴居は連れ回されなかった？」

「あはは、私は二次会で帰ったので」

本当は帰っていないけれど。そんなことは言えないのでごまかす。

正直に言えば、加納先輩に聞いてほしかった。軽率に慣れない遊びに手を出した結果、面倒なことになりそうである、と懺悔《ざんげ》したかった。

しかし軽々しく話すのは、羽間さんの名誉に関わりそうだ。そもそも、加納先輩だって信じてくれるかわからない。……私みたいな平凡の極み女子が、いきなり最上級の男性とワンナイトするなんて信じないでしょ。

「会社の飲み会とか、付き合いでもだるいよね。今度、美味しいお酒飲みに行こうか」

「賛成です。私、動き回っていてろくに飲めなかったから、加納先輩と飲みに行きたいな」

「オッケー。あ、スーパー銭湯行って、その後飲むのどう？」

「絶対それがいいです。いつにします？」

盛り上がっていると、ふと思い出したように加納先輩が言った。

「そうだ。人事からの情報。法務部、新人入るよ、たぶん」

「え？　やった！　助かりますよ」

来週から四月だ。年度が替わり、新入社員も入ってくる。法務部はここ二年新人が入っていないため、いつまでも私が一番下なのである。

「予備試験通って、四年時に司法試験受かってる男の子。企業志望で、司法修習生やらないで、うちに来るって」

「へ〜、優秀なんですね」

そこまで言って、羽間さんも同じように大学四年時には司法試験に合格していたっけと思い出す。

「弁護士やるより一般企業の法務関係部署に入った方が給料いいし、安定してるって思う人も出てきてるみたいだね」

「そういうものなんですかね。まあ、うち、確かにお給料はまあまあいいかも」

「新人研修終えて行くから、五月半ばの配属になるけど。鶴居、面倒見てあげてね」

ラジャ、と敬礼したときだ。

「鶴居さん」

背後から声をかけられ、私は驚きのあまり、がたんと椅子を倒して立ち上がっていた。これには加納先輩が驚いたようだ。

振り向く前にその声の主が誰だかわかっていた。案の定、回り込んで私の顔を覗き込んだのは羽間さんだ。

「こんにちは」

「は、羽間さん、こんにちは」

土曜日に別れて以来だ。心臓が変な音を立て始める。加納先輩が「あら」と語尾にハートがついていそうなトーンで声をあげた。羽間さんはすかさず、加納先輩に顔を向ける。

「こんにちは、総務部の……」

「加納です。鶴居とは先輩後輩なんですよ～」

加納先輩が高いトーンで明るく答える。彼女からしたら、付き合いたいわけじゃないけど格好いいと思っている相手である。はしゃいだトーンになるのも無理はない。私ひとりが変な汗をかいている。

「今日は……どうされたんですか？　アポイントは伺っていませんが」

「先ほど山野部長からお電話をいただきました。受付の前を通ったら、鶴居さんの姿が見えたのでつい立ち寄ってしまいました。お昼の邪魔をしましたか？」

「とんでもない！　今、ご案内します」

「ひとりで行けますから大丈夫ですよ」

そういうわけにもいかない。というか、加納先輩の前で妙なことを言いださないかとひやひやが止まらないのだ。一刻も早く、この人を連れていかないと。

「加納先輩、ちょっと行ってきますね」

「はーい」

「加納さん、鶴居さんをお借りします。失礼します」

紳士然とした様子に、加納先輩がはわあとため息をついた。

「そんなにびくびくしなくても大丈夫ですよ」

エレベーターホールで背を向けて待つ間、羽間さんが後ろからそう言う。他に人はいないけれど、私は振り向いてきょろきょろと首をめぐらした。

羽間さんはいつもと変わらない。この前の夜の件なんてなかったみたいだ。

「お互い、仕事中ですからね。顔に出すのはルール違反でしょう。鶴居さんこそ、気をつけてください」

「ルールを作った覚えはないんですが」

「俺とあなたの関係にはルールがいるんじゃないですか？　あなたは公表したくないでしょうし、俺も段階を踏んであなたとの関係を深めていきたいですから」

関係を深めるとはどういうことだろう。

「あれきりですし、関係は無関係です！」

「それは鶴居さんの意見。俺の意見は違います」

そう言って、羽間さんが私の横に並んだ。近い。それだけで心臓が早鐘を打ちだした。

「あなたと恋人同士になりたいと思っています」

あまりにいつも通りの口調で言われ、息が止まりそうになった。仕事の話みたいに告白してきたんですけど。

焦って勢いよく彼の横顔を見やる。

「ど、どうして、そんな！」

「ずっと好きだったって言ったじゃないですか？　やっぱり夢中になりすぎて、聞こえていなかったでしょう」

そう言ってくつくつ笑うので、私は熱くなる頬を感じながら、答えに窮した。他の社員がやってきたので、会話は終了だ。

法務部のオフィスに戻ると、山野部長のもとへ羽間さんを送り届けて私の役目は終わり。羽間さんは、他の社員の前では親密そうな素振りは一切しなかった。ルールと言ったけれど、本当に私の立場を尊重してくれるつもりのようだ。

しかし、恋人同士というのはどういうつもりだろう。どう考えたって、私と羽間さんが付き合う未来が見えない。冗談が過ぎるのではなかろうか。

混沌とする脳内のまま、中庭に戻るのだった。

「ごめん！　鶴居さん！」

三月末のその日、山野部長は手を顔の前でぱちんと合わせて頭を下げた。初手から謝罪ということは、何か面倒な頼み事に違いない。私は眉間に皺を寄せつつ返事をした。

「なんですか？　部長」

「十河法律事務所に、お届け物……」

「十九時ですけど」

我が社の定時もとっくに過ぎているし、事務所に誰かいるかもわからない。なお、私は私で残業を終えて帰宅しようとしているところである。もう働きたくないし、お腹はペコペコだ。早く帰りたい。

「明日では間に合わない感じですか」

「今日渡すって羽間先生に言っちゃったんだよね。だからむしろ、羽間先生待ってるかも……」

「ど〜してもっと早く言ってくださらないんですか〜」

私の低い声の詰問に、山野部長は平謝りだ。

「ごめん！　本当にごめん、鶴居さん！　俺が行けばいいんだけど、この後、社長主催の幹部定例会で……」

定例会って聞こえはいいけど、会議や打ち合わせじゃなくてただの飲み会じゃない。しかし、しがない会社員として上司の懇願を無視するわけにもいかない。相手もいることだし、待たせている可能性もある。

結局私は部長から預かった資料の束を手に十河法律事務所に向かった。メールで渡せない文書って面倒くさい。そんなことを考えつつ赴いた十河法律事務所では、羽間さんがひとりで待っていた。

事前に連絡を入れていたから待っていてくれたのだろうけれど、時刻は二十時近い。

「羽間さん、遅くなりまして申し訳ありません」

「そうですね。遅いです。山野部長のことですから、定時過ぎまで忘れていたのではないですか？」

あ～、バレてる～。図星すぎて頭を下げるしかない。

「本当に申し訳ないです……」

「まあ、いいですよ。芹香さんと会えましたし、同僚も事務員も先に帰したので、ちょうどよくふたりきりですし」

その言葉にざざーっと数メートル下がった。気持ちの距離ではなく、物理的な距離で下がった。

そんな私の様子を、羽間さんは面白そうに眺めている。

「どこまでも可愛い人ですね、あなたは」

「からかっていますか？」

「本気で言っています」

綺麗な笑顔で言われると、とにかく焦ってしまう。この人は私を落とすゲームでもしているのだろうか。地味で間が抜けていて面白くない女が自分に夢中になるのを楽しみたいのだろうか。それなら相当自己愛が強いし、悪趣味だ。

羽間さんは書類をさっと確認し、デスクに置く。

「あの、急ぎの書類では……。この後、お仕事されるとか……」

「ああ、実は明日の朝一でも間に合うんです。山野部長にはそうお話ししたんですが勘違いされたのか、朝一で届けるのが難しかったのか……」

軽く笑われ、思わず『は？』という顔をしてしまった。山野部長はたぶん、羽間さんの話を聞き取り違えていただろうし、羽間さんは私が『これから向かう』とメールしたときに『明日でもいい』とは言ってくれなかった。どっちもひどいんですけど。

「さて、この後のご予定は？　何もなければ、食事でもどうですか？」

「いえ、結構です」

間髪入れずに断ったのは、少し想定していたからだ。

「親交を深めたいと思っているんですが」

「私は深めなくていいです」

そう言って勝手に頬が熱くなる。だって、ニコニコしている羽間さんが今、何を考えているかが透けて見えてしまう。絶対あの晩を思い出している。親交なら散々深めただろうと言われれば否定のしようもない。

羽間さんが鞄《かばん》を手に立ち上がった。静かな笑顔で私と対峙《たいじ》する。

「俺と寝たことを後悔していますか？」

どきりとしたのは、彼の目が少し寂しそうだったからだ。綺麗な切れ長の目と絶妙なバランスの眉が、わずかに下がり、影を帯びて見える。

「自分で決断したことなので、後悔とは……少し違いますが……」

だけど、あれは一夜限りのこと！と言いきる前に、食い気味に羽間さんが「よかった」とつぶやいた。

「俺にとっては、忘れがたい夜なので」

羽間さんの微笑みの破壊力。そして、忘れがたいという言葉に、顔のみならず頭のてっぺんまでぶわーっと熱が上がる感覚がした。

落ち着け、私。これは全部、彼の手口だ。誰にでも言うに違いない。

「ともかく、お待たせして申し訳ありませんでした。それでは、私はこれで」

「一緒に事務所を出ますので待っていただけますか？」

食事は断ったし、一緒に駅に行くくらいなら、と頷いた。

十河法律事務所は東銀座《ひがしぎんざ》にあり、近くには歌舞伎座《かぶきざ》がある。この周辺は古いビルが多く、十河法律事務所も年季の入ったビルの五階を借りている。

十河法律事務所はボスの十河先生、次期ボスである四十代の娘・亮子《りょうこ》先生、羽間さんの他に二名の年かさの男性弁護士が所属していて、事務員の女性がふたり。オフィスひとつで収まるメンバーなのだそうだ。

古いビルのエレベーターは狭く、羽間さんと乗ると距離が近くてドキドキした。こうやって些細《ささい》なことで動揺していては、また羽間さんに面白がられる。『チョロい女』認定されているのだろうから、これ以上甘い顔は絶対にしては駄目だぞ、私。

彼に背を向ける格好で一階のボタンを押した。

エレベーターの階数表示が五階から四階、三階と移動していき、ある瞬間にがくんと揺れて止まった。表示は三階のままだ。

「あれ？」

私は壁に手をつき、ぐるりと見回した。もちろん、エレベーター内部に変化はない。しかし、エレベーターの稼働音は止まっていた。

「エレベーター、止まってますよね」

「そのようですね」

羽間さんが内部のインターホンを押す。しかし、インターホンには誰も出ない。

「このビルの管理室に繋がるんですが……」

羽間さんが思案げな顔になる。

「夜間は管理室が無人になるんですよ」

「え!? 管理室なのに!?」

「何分、古いビルですし、このビルのオーナーが道楽で管理人をやっている程度なので」

確かに個人所有の古いビルだ。三階と四階にはこぢんまりとした会社が収まり、一階は漢方薬店でその親族がこのビルのオーナーだと聞いた気が……。

「じゃあ、こういうときはどうしたらいいんですか⁉」

「通常はインターホンを押し続けるとセキュリティ管理会社に繋がるようになっています。でも、繋がらないところを見ると故障かな」

「そんな！」

焦る私を後目《しりめ》に、羽間さんはいつも通り冷静な様子でスマホを取り出した。

「管理会社の電話番号がここに。電話してみましょう」

ささっと電話を済ませ、幸いにもすぐに管理会社の人が救出に来てくれることになった。

「慣れてますね。以前にも同じようなことが……？」

「いえ、ないですね」

そう、ニコニコ笑って答える。

ないんだ……。なぜ、私が乗っているときにこんなことに。

「どのくらいで来るんでしょうかね」

「三十分は待たせないと言っていましたよ。疲れているなら、腰を下ろしていただいても」

「大丈夫です。そのくらい立っていられます」

それよりも、狭い空間で羽間さんとふたりきりなのが気まずい。食事の誘いは回避したというのに、ふたりきりの時間延長なのがまずい。

緊張感から変な顔でもしていたようで、羽間さんが私の顔をしげしげと眺め、ふふっと笑った。

「そんなに警戒しないでください。密室で同意もなく襲えば犯罪でしょう」

「それは！　もちろん、信頼していますけれど！」

「意識してくれているんですか？」

羽間さんが口元に手をやり、意味深に微笑む。普段の羽間さんと違いすぎて頭が混乱する。

ああ、その瞳はなんなの？　溢れる欲を我慢するような肉食獣の瞳をしているのだ。

自分が今、そんな顔をしている自覚があるの？

ひどく煽情的《せんじょうてき》に見えるのは、私が彼と寝てしまったからだろうか。

あの晩、夢中で私を抱いた彼は、同じように私を見ていた。今にも捕食してしまいたい。だけど、時間をかけて楽しみたい。そんな激しい欲を映す瞳。

（……かといって、むざむざ食べられたりしないわよ）

都合のいい女になんてならない。からかいにも応じないし、今まで通り仕事の相手として接する。

私はそのつもりで彼と寝たのだ。大人の女として、ブレたりなんかしない。

「あなたが嫌なら、俺はあなたに近づくのをやめますよ」

羽間さんがさらっと言い、私は顔を上げた。

彼はいつもの張りつけたような笑顔に戻っていた。それが営業用の笑顔なのだということが、彼に近づいてみてわかるようになった。彼は今、仕事の顔に戻っている。

「好きな人に嫌がられるのはつらいですから。……雲間工業の担当は他の者に任せます」

「そ、それは駄目ですよ！」

私は焦って言った。顧問弁護士交代となれば、会社の問題だ。私個人の行動と感情でそうなったとしたら面目なさすぎる。

「私が担当を降りればいいんです」

そう口にしたものの、上になんと説明すればいいのかわからない。羽間さんを悪者にすることはできないし、かといって適当な事情も思いつかない。

「……希望が通るかわからないですが……」

羽間さんもそれはわかっているようで、困った顔で微笑んだ。

「それなら、お互いにいい距離を保ってやっていくほかないでしょうね。俺は芹香さんが好きですが、別にすぐ関係を進展させたいわけじゃないんです。あなたとこうして喋って、今まで通り仕事をともにしているだけで充分楽しいです」

「羽間さん……」

「だから、そんなにハリネズミみたいにならないでください」

確かに彼の言う通りだ。

彼の『好き』がどこまで本気かといえば、限りなく冗談に近いだろう。それでも、現時点で『今まで通り』の関係を警戒と拒否で崩しているのは私の方なのだ。

「……過剰反応をしてすみませんでした」

「いえ、先ほども言いましたが、男として意識されるのは嬉しいという部分もあります。今までの芹香さんは、俺に興味がないばかりじゃなく、苦手に思っていたようなので」

「それは～……」

だって、羽間さんが意地悪だから苦手だったのだし、婚約者がいると聞いていたから恋愛対象には見なかっただけで……。

そこで思い至る。彼は私を好きだなどと言っているけれど、ちょっと前まで本命がいたのだ。振られて傷つく程度には好きだった人。

ほら、やっぱり私は都合のいい女じゃない。

ああ、思い出しておいてよかった。勘違いしないで済む。

そのとき、エレベーターがガくんと大きく揺れた。

「きゃ！」

よろけた私を、すかさず羽間さんが抱きとめた。反射的だったようで、すぐにぱっと両手を顔の横に上げて離れる。

「失礼」

「いえ、ありがとうございます」

接触してしまった。たった一瞬触れ合っただけなのに、私は情けないほど狼狽していた。心臓がまた爆発しそうになっている。絶対に寿命に悪影響だ。

「あ、動き始めましたよ」

エレベーターの稼働音が聞こえ、階数表示のランプが下がり始めた。管理会社の人たちが来たのだろう。

ホッとする一方、羽間さんの顔が見られずに私はうつむいた。

(駄目だ。私、ひとりで意識してる)

ほんの一瞬のハグにときめいてしまったなんて、絶対に言えないし、勘違いだと思いたい。

（これじゃ、羽間さんにとって都合のいい女に成り下がってしまう）

閑話休題① 羽間陽は鶴居芹香に強めの興味がある

エレベーターに閉じ込められるというラッキーとも珍事ともいえるイベントの後、鶴居芹香が電車に乗るのを見送ってから、俺も帰途についた。

ひとり暮らしのマンション。玄関のドアを閉めると、ぞくぞくと背筋を這うような感情が湧いてきた。

「あ――……可愛い」

別れ際のなんとも微妙な顔。困ったような、照れたような曖昧な表情に少しだけ赤い頬。

どうしてそんな顔をしているのかと問いただすことはできたけれど、今はまだそのときじゃない。

ともかく今日も鶴居芹香は可愛かった。

たぶん今俺は薄気味悪くにやけているだろう。こんな顔を彼女には見せられない。もしかすると、近しい空気は醸してしまっているかもしれないが、この強めの執着を初手から見せて逃がすわけにはいかない。

「やっと、触れられたんだから、大事に大事に落とさないとね」

靴を脱ぎ、リビングのソファにジャケットを放った。

食事を断られてしまったので、家にあるもので軽く夕食にしよう。

冷蔵庫を覗き、飲み残した白ワインを取り出す。タマネギと缶のアサリ、パスタでボンゴレでも作ることにする。料理はちょっとした趣味だが、現時点で振る舞ったことがあるのは家族くらいだ。いずれ、彼女にも振る舞う機会があればいいのだが。

可愛い可愛い鶴居芹香は、今頃俺のことを考えてくれているだろうか。エレベーターという狭い密室にふたりきりで多少は意識してくれただろうか。

先週、初めて彼女を抱いた。絶好の機会だとたたみかけた俺の判断は正しかったようだ。

俺の婚約の噂が、彼女の耳に事前に入っていたのは運がよかったといえるだろう。

実際、俺は少し前まで『恋人』がいたわけだが、これはボスである十河先生の意向が大きく関わっていた。要は顧客のひとり娘にいい婿を、という理由で俺があてがわれたわけである。

老舗時計店のひとり娘であるその女性とは、何度か食事に出かけた程度の付き合い。

俺も気持ちはなかったし、彼女も親の言うままに出かけていただけなので、結局最後は『実は他にお付き合いしている方がいるんです』と頭を下げられた。

いやいや、こちらこそずっと気になりまくって追いかけている女性がいるんですよとは言わず、お互いの幸せを願って別れた。

この『婚約解消』を効果的なタイミングで鶴居芹香に伝えられたのがよかった。

彼女は驚き、そして悪いことを聞いてしまったという反省の表情を見せた。

本当に心配になるくらいの隙だ。人の好い女性だとはわかっていたが、そんなにわかりやすくては悪い男に簡単につけ込まれてしまう。

『慰めてくれないんですか?』

同情を乞うて、彼女を誘った。彼女の善良な心に訴えかけた。

彼女は慈愛の情で俺と寝たのだろう。一夜限りを強調していたということは、恋愛をする気はない。俺とのセックスに興味もあったのか、おそらく真面目に生きてきたであろう彼女にとって魅力的な冒険への誘いだったのだ。だからこそ、冒険は生涯一度でいいはず。

まさか、軽い気持ちで寝た相手が本気で自分を狙っているなんて、彼女の頭では理解できないに違いない。

彼女を馬鹿にしているのではない。彼女の理解を超えているのは俺の気持ちの方。

なぜなら、俺は彼女と仕事相手として出会う前に一度出会っている。この執着はおそらくそのときのことが関係している。

「まあ、なんにせよ、時間はまだある」

ゆで上がったパスタをザルにあげ、フライパンに移すと火を通す。ひとり分の食事を整え、ウィスキーでハイボールを作ると、ダイニングテーブルに運んだ。

ひとり暮らしも長い。別にこのままひとりでもやっていけるし、合理的に考えれば恋人も家族もいらない。昔の俺なら恋愛はコスパが悪いと切り捨てていた。

しかし、今は違う。

いや、鶴居芹香だけが俺にとって特別なのだ。

ずっと惹かれ続け、やっと触れられた大切な存在。

俺に組み敷かれ、目を潤ませ声をあげていた彼女を思い出すと、胸が震える。

俺のことが苦手だったはずなのに、冒険心から飛び込んできた彼女。処女ではなかったけれど、経験が少ないのは触れ合えばすぐにわかった。そんな彼女をひと晩中独占した。俺との行為しか思い出せないくらいに溺れさせた。

彼女にとっては一夜の火遊びだっただろうが、慣れない火遊びの代償は覚悟してもらわなければならない。俺はたった一度の逢瀬《おうせ》で満足できるほど、軽い気持ちで彼女を見ていないのだ。

「次はいつ会えるかな」

フォークを手にパスタを混ぜながらつぶやいた。

3　新年度の事件

四月、新年度がやってきた。私も入社六年目の春だ。

年度末に少々個人的な事件は起こったけれど、それ以外は順風満帆。私は自室である狭いマンションのベランダでぐんと伸びをした。

東京駅近くの会社まではドアtoドアで四十分、好立地の暮らしも三年目になる。

その前は学生時代から住んでいた郊外のおんぼろアパートだったので、現在の住まいは狭くて古いとはいえ理想の部屋だ。

私好みのシンプルな家具。ミニバラの鉢植え。クローゼットには数は多くないけれどお気に入りの着心地のいい服たち。本棚には食べ歩きや旅行の本がずらり。

誰にも干渉されない私だけの住まい。

この平和なひとり暮らしを守るためなら、なんでもできそう。

そう思いながら、昨晩既読無視をしてしまったスマホのメッセージを開いた。母からのメッセージには憂鬱な気分になる。

【次はいつ帰ってくるの？】

お正月に顔を見せたじゃない。学生じゃあるまいし、ゴールデンウィークにも帰省しろというのだろうか。

【一緒に行きたいところがあるんだけど、どう?】

URLは縁結びで有名な神社のホームページだった。そうまでして早く結婚させたいのだろうか。

もともと、両親はひとり娘の私に期待過剰だった。子どもの頃はそれなりに勉強ができたため、夢を見させてしまったのかもしれない。

『たくさん勉強して医者か弁護士に』というのは母の口癖だった。母自身、家庭の事情で進学を断念した経験があるせいか、私に夢を託していたのだろう。

そんな教育熱心だったはずの両親も、私が期待通りの大学には行けず、それなりに大きなメーカーだが地方では名の知れていない雲間工業に入社すると、すっかり色々と諦めてしまったようだ。

いや、夢の託し方を変えたのだろう。

『希望通りの職種につけなかったなら、地元でお嫁に行き、家庭を営んでほしい。老後のためにも、いつでもすぐ会える距離にいてほしい』

両親は私を愛していないのではない。大事に思っているはずだ。私もお金をかけて育ててもらったという恩はある。

ただ噛み合わないのだ。それは、両親が私個人の性質や夢を無視し、『我が子の幸せ』を自分たちで考え、押しつけようとするせいだろう。

【返信が遅れてごめんね。ゴールデンウィークはもう予定が入っているので帰省できません】

それだけ送信して、スマホを置いた。母の気に入る返信ではないけれど、私も大人なので自分の意思は見せておかなければならない。

さて、朝食をとって、出勤の準備をしよう。

幸い、ここ十日ほど羽間さんに会う機会はなく、私の心は平穏そのものだ。

母への返信ではないけれど、新年度は本当にやることが多く、忙しい。このまま顔を合わせないでいるうちに、もとの仕事相手の距離感に戻れたらいいのだけれど。

そんなにうまくいくわけがないだろうと、頭の片隅で誰かが言う。なぜなら、相手は羽間陽だ。頭がよくて意地悪で、なぜか私を落としにかかっている弁護士。

はあ、意味がわからない。

四月の二週目に事件が起こった。

羽間さんにアポイントを取ってほしいと山野部長に頼まれ、来社を依頼した。

法務部の小さな応接室には山野部長だけでなく第三営業部の部長と若い男性社員もやってきて、羽間さんの到着を待っている。全員分のお茶を用意しながら、その若い社員が三つ年下の沼田《ぬまた》という社員だと気づいた。

人当たりがいいけれど、ちょっと調子のいいところのある男性社員。まあ、営業向きの気質だと思う。あくまで私の印象だけれど。

本来はこの人数でぞろぞろ十河法律事務所に赴くところを、あちらの事務所は手狭なので、羽間さんに来てもらった。内々に済ませたいことがあって、ひっそり社内で集まっているのかな、などと考えをめぐらせる。

間もなく羽間さんが到着した。

「芹香さん、こんにちは」

「は、羽間さん、社内ですので」

オフィス前の廊下に誰もいないとはいえ、名前で呼ばれて焦ってしまう。私の狼狽など気にも留めず、彼は笑った。

「失礼しました。でも、仕事以外ではいいんですね」

「揚げ足を取らないでください」

「そういう機会をもらえれば、もっと仕事のやる気が出るんですが」

「からかわないでください」

ひそひそとこんな応酬をしながら、応接間に通した。

まったく、いつも心臓に悪いといったらない。


それから一時間ほど経って、第三営業部長と沼田くんが出ていくと、入れ違いに私が呼ばれた。

「沼田くんの行動確認？」

山野部長から言われ、思わず反復してしまった。行動確認とはどういうことだろう。

頭を掻き掻き、山野部長が説明する。

「内密にしてほしいんだけど、沼田くんは現在ストーカー被害に遭っていてね。その真偽を確かめてほしいんだ」

事情を聞いたところでいっそうわからない。ストーカー被害対策は、法務部の仕事なのだろうか。

「ストーカー被害って、まずは警察じゃないんですか？」

ストレートな疑問を口にすると、向かいの席で羽間さんが頷いた。

「私もそうアドバイスしましたが、事情があるようですよ」

「それがね、……沼田くんはストーカーの目星がついているそうで、エイチピーＰＲの古味《こみ》さんという女性担当者らしいんだ」

株式会社エイチピーＰＲ。雲間工業が仕事をお願いしている中では、おそらく最大手のＰＲ会社だ。その担当者がどうして、沼田くんにストーカー行為を？

「プライベートだから本当に内密に。……沼田くんは酒の勢いで古味さんとホテルに行ってしまったことがあるそうでね。古味さんが本気になって交際を迫ってきたそうだけれど、七歳年上の彼女に沼田くんは交際の意思はなくて……」

「それでストーカー化してしまったんですか」

沼田くんが彼女に気を持たせるような行為をしてしまったからじゃない、と思いつつ、内心めちゃくちゃ心臓が痛い。自分のことを言われているのではというくらい反省度が高い事件である。幸い、羽間さんはストーカー化するような人じゃないけれど、いまだからかわれ続けている私としては他人事じゃない。

（しかも、その対応をするのが羽間さん……）

なんとも皮肉な気もしながら、ちらっと見やると、私の頭の中を見透かしたような羽間さんの陰湿な笑顔が見えた。もちろん、一瞬なので山野部長は気づかなかったと思う。

「山野部長がおっしゃりたいのは、重要な取引先であるエイチピーＰＲと事を構えるのは慎重にいきたい。警察沙汰にする前に、そのストーカーが本当に古味さんなる女性なのか内々で確認しておきたい、ということですよね」

「そう、そうなんですよ、羽間先生！　……そこで鶴居さんにお願いなんだ。沼田くんに許可は取ったから、彼の家周辺をうろつく女性の姿を確認してほしい」

「は〜？　それはさすがに業務外すぎませんか〜？」

山野部長の無茶ぶりはいつものことだが、ストーカー捜しなんて物騒なことは絶対にやりたくない。こちとら、か弱い女の子ですわよ。

「いや、本当に申し訳ないと思うんだけど、雲間工業的には大事にしたくないんだよ。ほら、沼田くんって結構チャラいタイプだろ？　エイチピーＰＲの古味さんが犯人だなんて言ってるけど、別の女性ってこともあり得るし」

「相手が誰かを調べるところから、警察に相談すべきじゃないですかねえ」

私の正論に、羽間さんが頷いた。

「私も、鶴居さんの意見に賛成している立場ですが、山野部長のお気持ちもわかります。おそらく、エイチピーＰＲとの関係を危ぶんで慎重路線でいるのは御社上層部でしょう。何か進行中の企画があるとか?」

「おっしゃる通りです。発端が弊社の沼田にあり、個人間のやりとりで済まず警察沙汰になるというのは、今後の業務に障る。エイチピーPRとの関係には大きなマイナスです」

何よ、その大人の事情。会社の利益可愛さに、いち社員が危険を冒してもいいっていうの?

まだぶすっとしている私をちらりと見て、羽間さんが言った。

「しかし、鶴居さんひとりに容疑者の調査をしろとはずいぶん乱暴です。か弱い女性が、ストーカーと揉み合いになったらどうするんですか」

「あくまで遠目から写真を撮ったり、顔を見える範囲で確認したりということをしてほしくてですね。彼女は器用で、目立たない行動も得意なので適任かと」

それって、モブキャラにしか見えないって言いたいのかな? 山野部長、いい加減に失礼すぎない?

「わかりました」

私ではなく、羽間さんが言った。

「それでしたら、今日たまたま暇な私が付き合いましょう」

「羽間先生にそのようなことをお願いできませんよ！」

慌てているけれど、山野部長、私にだってそんなことをお願いしないでよ。

羽間さんは真面目な顔で答える。

「先ほどご本人から聞いた通りなら、毎日手紙をドアポストないしは集合ポストに入れに来るんですよね。それでしたら、張り込みは一日で済みます。怪しまれないようにカップルを装って行動しますよ」

ね、鶴居さん、と羽間さんが私を見て微笑む。

その意味ありげな顔に私は唸《うな》りそうになった。ここで山野部長に私との関係を匂わせるような人じゃないけれど、一抹の不安が拭い去れない以上、私はこの人の言う通りにするしかないのだ。

「わかりました……」

特別手当がつくわけでもない時間外危険業務。今季のボーナス査定を期待しよう。

定時後の十八時過ぎ。私は羽間さんと、中央線《ちゅうおうせん》の沼田くんの最寄り駅前で待ち合わせた。

合流すると、沼田くんが駅に到着するのを待つ。

彼には私が後からついていき、ストーカーの顔を確認すると伝えてあるので、いつも通り自然に行動してもらう予定だ。

「毎日、手紙がくるんですよね」

改札が見える位置に待機し、世間話をしているように羽間さんに話しかける。

「そうらしいですね。読ませてもらいましたが、女性的な手書きの字で【今日は遅かったね】とか【そのアイス美味しいよ】とか帰宅時間や購入品を把握している内容でした。【駅前のイルミネーション見た？】とか【今日、後頭部に寝ぐせついてたよ。可愛い】など、内容に攻撃性はないですが、普通に監視されている恐怖はあるでしょうね。休日にはドアノブに手作り弁当がかかっているらしいですし」

知らない人からの手作り弁当という状況に、ひとりでぞっとしてしまった。確かにそれは怖い。

「本当にこの古味さんという女性なんでしょうか」

山野部長経由で預かった古味さんという女性の写真を眺める。綺麗な茶色のロングヘア美人で、正直モテそうな外見だ。沼田くんより七つ年上ということは、三十一歳だけれど、年下の男性に執着するような雰囲気には見えない。日々監視し、手作り弁当をこしらえて休日ごとに届けていたら、このキラキラな外見を維持する時間はあるのだろうか。

「人の本性を見た目で判断するのは無意味ですよ」

私の思考を見抜いたように羽間さんが言った。目線は改札をチェックしている。沼田くんの姿を捜しているだけでなく、ストーカー疑いの古味さんも捜しているからだろう。私も慌てて、改札周辺に視線を向けた。

「しかし、古味という女性については着目すべきです。彼女の勤務するエイチピーPRは業界大手で激務です。毎日、沼田さんより先に帰宅し、手紙を送りつけられるでしょうか」

「……言われてみれば」

「沼田さんは一度関係を持ってしまった引け目と、手紙の字が似ているという理由で古味さんを挙げていますが、ストーカーの姿は確認していません。フードをかぶった後ろ姿は見かけたそうですが、証拠にはならないでしょう」

羽間さんの言う通りだ。普通に考えたら、古味さんがストーカーである線は薄い。

じゃあ、いったい誰が……。

「あ、沼田くん」

そうこうしているうちに改札から沼田くんが出てきた。いつも通りと念押ししているとはいえ、彼も気にしているようで、一瞬改札を出て周囲を見渡した。それから駅前のコンビニに入っていく。

買い物を終えて出てきた彼の背中を五十メートルくらい先に見ながら、私と羽間さんもスタートした。日没直後の薄暗い住宅街、果たしてストーカーが現れて顔が確認できるだろうか。

歩き始めてすぐに羽間さんが手を握ってくる。さすがにぎょっとして振り払ってしまった。

「何するんですか」

「カップル役なので」

「カップル役っていうのは、羽間さんの中の設定でしょう」

「でも、もう少し距離を縮めないと、同じ家に帰りそうなふたりには見えないですよ。こちらの方向は、住宅地しかないようですし」

確かに、仕事仲間風の会社員ふたりが歩いているより、恋人同士か夫婦が歩いている方が自然な道だ。私はしぶしぶ羽間さんに一歩寄った。

羽間さんが満足そうに私を見おろす。

「羽間さん、古味さんはストーカーじゃないかもって、話を聞いた時点でわかってましたよね」

「ええ、そうですね」

悪びれもせずに答えるので、思わずキッと睨《にら》みつけてしまった。

「ま、またふたりきりになって、私をからかおうと思って同行したんでしょう」

「それもありますが」

あるんかいと心の中で突っ込む私に、彼は優しく微笑む。

「芹香さんが心配だっただけですよ。山野部長は軽い気持ちで芹香さんに依頼していますが、もしストーカーが芹香さんと沼田さんの仲を疑って攻撃をしてきたら困りますから」

私もそれを想像したけれど、ものすごく怖いと思う。それなら、羽間さんは善意で終業後の時間を使ってくれたことになる。

「ひとりだと不安だったので、同行は助かりました。ありがとうございます」

「お礼にこの後食事でもどうですか？」

「お礼を自分からねだらないでください」

そんな話をしているうちに沼田くんは自宅のアパートに到着した。二階建て木造のアパートに階段を上って入っていく。築浅で綺麗だがベランダや駐車場はなく、単身者向けといった雰囲気の部屋である。二階の真ん中が沼田くんの部屋だった。

「誰かがつけている様子はありませんでしたね」

沼田くんのアパートを通り過ぎ、角を曲がったところで私と羽間さんは立ち止まった。

「〝お手紙〟が届けられるのはこの後でしょう」

私たちは移動し、沼田くんのアパートが見える路地に入った。距離的にはこの位置からでも、街灯の灯りでドアの前がよく見える。

向かい合った格好になったのは、親密な話をしている様子に見せたいからである。羽間さんが腰を抱いてきたので、私は馬鹿みたいにドキドキしなければならないのだけれど、これは仕事！

仲良く会話している素振りをしつつ、視界には沼田くんの玄関を入れておく。

「総務の加納さんに社員名簿を当たってもらっているんでしたね」

羽間さんが言い、私はここにあると言わんばかりに鞄を叩《たた》く。

「交通費申請の書類と住所録から、沼田くんと同じ最寄り駅を利用している社員をピックアップしてもらったんですが、同じ駅の利用者も同じ地域の住人も出てきませんでした」

「ここに来てみてわかったんですが」

羽間さんが私の横の電信柱を顎をしゃくって指し示す。

「通りを一本挟むと隣の区なんですよ。そしてこのあたり、沼田さんが使う駅とは違う路線でも雲間工業まで通勤できます」

私は背の高い羽間さんの顔を下から見上げる。すごく距離が近いので、はたからはキスをねだっているように見えたかもしれない。

「やっぱりうちの社員だと思ってますか？」

「ええ、十中八九。彼の生活スタイルや勤務スケジュールを把握でき、寝ぐせや食べているものまでチェックし、好物の弁当を作って差し入れ。毎日近くで見ている人間だと思いますよ」

そのときだ。視界に黒いフードをかぶった小柄な人影が映った。急いでアパートの外階段を上ると、沼田くんの部屋のドアポストに何かを入れる。

そして、また大急ぎで階段を下りていく。

「捕まえなきゃ！」

「落ち着いて、芹香さん。捕まえるのはあなたの仕事ではありません」

羽間さんはすでにスマホを構えていた。焦る私とは対照的に静かにスマホを下ろして、画面をタップする。どうやら動画を撮っていた様子。最初からそのつもりだったのだろうか。

「本人を捕まえて、わけを聞くのが一番手っ取り早くないですか？」

「いきなり思考が武闘派ですね。不安だって言ってませんでした？　いくら小柄な人物とはいえ、何を持っているかわかりません。危険ですよ。それに、もう充分犯人は絞り込めていると思います。ストーカー行為の現認、動画も押さえましたし今日は帰りましょう。沼田さんにその旨連絡を」

まあ、確かにその通りだ。そもそも関わりたくない事件に引っ張り出されて、迷惑していたのは私なんだし。

「沼田くんに連絡を入れます。それでは、今日はこれで撤収ということで。お疲れ様でした」

もう危険はないしカモフラージュの必要もないので、腰に回された腕を引きはがそうと指に力を込めた。すると、あべこべにぐいと力強く抱きしめられた。

「は、羽間さん！」

「また、名前で呼んでほしいな」

「呼びません！」

耳元で甘くささやかないでほしい。本当に情けないことに、彼の香りと低い声に、私の脳内をあの夜の記憶が駆けめぐる。

「あなたは俺が本気じゃないと思っているんでしょう。でも、俺は本気であなたに恋してるんですよ」

「ちょっと前まで婚約者がいた人が何を……！」

「実は婚約者じゃなかったと言ったらどうします？」

悪戯っぽくささやかれ、私は思わず間近にある羽間さんの顔を凝視してしまった。すぐにキスできそうな距離に整った彼の美貌がある。

「あなたの気を引きたくてそう言った。慰めてほしいと同情を誘ったのも、あなたの歓心を買うため。……そう言ったらどうします？」

「嘘つき……だなって、……思います」

「そんな嘘つきと寝てしまいましたね」

この人の言葉の真意はわからない。ただ、わかるのは私の動揺を誘っているってこと。

私が赤い顔をして困るのを見て、楽しんでいるってこと。

なので、私は頬こそ熱くてたまらないものの、彼をぎっと睨みつけた。そしてその頬を両手でぐにゅっと押しつぶした。

さすがの美形も崩れる。

「なんれふか」

羽間さんが面白そうに言う。顔が歪められているので、変な発音だ。私は飛《と》び退《すさ》るように抱擁から抜け出し、数歩下がった。羽間さんの美形はいつもの通りに戻った。

「キスでもしてくれるのかと思いました」

「しません。セクハラ防御です」

そう言ったものの、うまくごまかせていたかわからない。『私、どうもあなたの顔と声に弱いみたいなので攻撃力を下げさせていただきました』という本音は間違っても口に出せない。

だって、一瞬流されそうになってしまったんだもの！

「帰ります！」

「送りましょう」

「駅まで結構です！」

羽間さんは面白そうに笑っていて、さっきの妖しい気配はもうなかった。捕食者のように私を見る瞳は、今はいつものクールな色に戻っていた。

すっかり暗くなった夜道を、今度こそ距離を取って歩き、私たちは駅へ引き返したのだった。

後日、総務部の会議室にはこの事件の関係者が集められた。

被害者の沼田くん、第三営業部長、総務部長、山野部長。そして羽間さんと、調査に協力した私だ。

「……ということで、赤木《あかぎ》さんは悪気なくやってしまったそうで、今はひどく反省し、今後こういった行為は二度としないと誓っています」

そう話したのは総務部長だ。赤木さんというのがストーカーの正体で、第三営業部の女性社員である。私も顔は知っているけれど、おとなしそうな静かな人。確か沼田くんとは十歳以上年が離れていたはず。総務部長と第三営業部長の面談で、この件について全面的に認めたそうだ。

「鶴居さんの動画に映っていた眼鏡が決め手だったね。フードから彼女の赤い樹脂フレームの眼鏡が見えていたから」

実際は羽間さんが撮影してくれた動画だけれど、私が報告すべきとスマホに送ってくれたのだ。背格好しか撮影できていないと思っていたら、抜け目ない羽間さんは眼鏡という証拠になる部分をちゃんと収めていた。

「半年ほど前に自作のお弁当を褒められて、好意を持ってしまった、と」

山野部長が確認のために口にすると、沼田くんが必死の様子で答える。

「すみません。俺、その件、あまり覚えてなくて。『そのスーツいいっすね』とか『髪型変えました?』とかの世間話は、いろんな人にするんで……そういう感じだと思うんですけど」

沼田くんがコミュニケーションだと思って何気なく発した言葉が、赤木さんの心を撃ち抜いてしまったようだった。赤木さんには大きな出来事でも、沼田くんは覚えていないというのは皮肉なものである。

「半年間、ほぼ毎日行動を監視している手紙を送り、休日にはお弁当を届けた。彼女にとっては、年下で頑張っている沼田くんに元気をもらっていたと。推し活のようなものだった、と言っています」

部下を庇《かば》いたい気持ちもあるのか、第三営業部長が言う。

推し活って……ストーカー行為まで推し活に分類されたらたまらないのではないだろうか。

「ですが、赤木さんの行動はストーカー規制法違反です。そして、沼田さんが不安な日々を過ごしたのは事実です」

羽間さんが静かな口調で言い、沼田くんを見た。

「沼田さん、どうされますか？　被害届を出せば、ストーカー規制法において、彼女は罪に問われます。もしくは、精神的苦痛を理由に民事で訴えることもできます。後者なら、私がお力になります」

「羽間先生！」

山野部長を始め、部長陣が焦った声をあげる。

「赤木さんには内々に減給処分と異動辞令を出す予定です。先生には、これ以上付きまとい行為をしないと約束した書面のチェックをお願いしたく思っておりまして……」

「事件や訴訟にするというのは、私どもの考えではなくてですね。ここはなるべく穏便に」

「沼田くんには契約のカウンセラーとの面談でケアを考えています。沼田くんが引っ越したいというなら、その費用も補助できるよう総務で話し合っていますので」

想定はしていたけれど、社内の事件を大きくしたくないという部長陣のお気持ち大放出だ。いや、おそらくは社長や常務ら、幹部にもこの話は伝わっていて、上層部の意向だろう。

一方、羽間さんは部長陣ではなく、ずっと沼田くんを見ていた。

「沼田さん、あなたの気持ちを優先します。会社の利益のため、あなたが気持ちを捻じ曲げる必要はない。個人の平和が脅かされたのなら、声をあげていいのです」

部長らは明らかに『焚《た》きつけないで～』という困りきった顔をしているのだが、羽間さんは無視だ。

「沼田さんが安心して暮らせるように動きます。それが私の仕事です」

羽間さんの真摯な態度に、胸がきゅっとした。

正直に言えば、私も穏便に済ませた方がいいとは思っていた。しかし、羽間さんはどこまでも被害者の沼田くんの心を第一に考えている。怖い思いや不安な思いから、上司に相談せざるを得なかった彼の精神を慮《おもんぱか》っているのだ。

「この半年、すごく不安でした」

うつむきがちだった沼田くんが、ぽつりぽつりと話し始めた。

「自分のしたことで会社に迷惑をかけてしまうんじゃないかとか、家の出入りできょろきょろあたりを確認して、いきなり刺されたらどうしようなんて怖くなりました。今も、こんなことで好意を持たれて極端な行動をされてしまうんだとわかったら、ぞっとしたというのが本音です」

彼の言う通りだろう。好意を示される、伝えられるというのは通常の人間関係だ。しかし、知らぬところで行動を監視され、一方的に好意を押しつけられたら、誰だって怖いに決まっている。

沼田くんが顔を上げた。

「赤木さんのことは、先輩としてしか見ていませんし、正直もう同じ職場で顔を合わせたくありません。でも処罰したいとは思いません。こういったことをやめてくれるなら、俺はもうそれでいいです」

そう言って、沼田くんは頭を下げた。部長陣から安堵《あんど》のため息が漏れるのが伝わってくる。

「承知しました」

羽間さんが静かに頷いた。不本意そうではなく、穏やかに納得した表情をしていた。

「それでは、具体的な示談案がまとまったら、誓約書を作成しましょう。鶴居さん、原本の作成をお願いします」

「はい」

私が返事をし、この集まりは終了となった。

「羽間さん、本当にお疲れ様でした。尾行に証拠まで、お世話になりました」

総務部会議室からエントランスまで羽間さんを見送った。羽間さんは「いえいえ」と言ってから、面白そうに言った。

「沼田さんにお伝えください。万が一ストーカー被害がやまなかった場合、今度は上司を通さず、私に直接相談か、警察に駆け込んでくださいと」

「わかりました。収まるといいですね」

「人の気持ちは難しいですからね。特に今回のように厳重注意と誓約書程度で終わると、自分が悪いことをしたと実感できないまま、同じことを繰り返す人もいます」

「沼田くんは、こじれて変に恨まれたくなかったという気持ちもあるかもしれませんよ」

「実に穏当でいいですね」

なんとも皮肉げに言うあたりは、やっぱり羽間さんだ。

すると、廊下からエントランスに現れた人物がいる。沼田くんだ。羽間さんを追いかけてきたのだろう。こちらに向かって駆け寄ってくる。

「羽間先生、このたびはお世話になりました」

そう言って頭を下げる姿は好青年そのもの。羽間さんがふっと微笑んだ。

「いえ、こちらは仕事ですから」

明らかに業務外のこともありましたけどね～と私は心の中でつぶやく。言わないけれど。

「あの、部長たちが大事にしたくなさそうにしている中、羽間先生だけが俺に寄り添ったことを言ってくれて、すごくありがたかったです」

沼田くんに羽間さんの誠意はちゃんと届いていたのだ。それについては、なんだか私が嬉しくなってしまった。

「また何かありましたら、今度は直接私にご相談を。それでは」

そう言って、羽間さんはさわやかに去っていった。その後ろ姿を見て、沼田くんが「格好いい……」とつぶやいた。

次に私を見て、勢いよく頭を下げた。

「鶴居さんにもご迷惑をおかけしました！　張り込みまでやってもらっちゃって！」

「いやいや、大丈夫だよ」

「それにしても羽間弁護士って格好いいですね。部長たちにも一歩も引かないし、男らしいし、俺がドキドキしちゃいましたよ」

「あー……あはは」

こうしてまた、一般社員に羽間さんの高評価が伝播《でんぱ》していくのね。

そんなことを思いながら、私は曖昧な相槌を打つのだった。

4　エリート後輩くん

新年度が始まったと思ったら、あっという間にゴールデンウィークがやってきた。

実家からの帰省しろの要求を断り、私は休日を満喫している。

私の趣味のほとんどはひとりでできること。

映画を観たり、スーパー銭湯に行ったり、日帰り旅行をしたり、食べ歩きをしたり……。家の中の趣味より、外に出るのが好きなのは性格だろう。

大学時代の友人や加納先輩と一緒ということもあるが、基本、なんでもひとりでこなせるし、寂しいとは思わない。

そんな私が連休の真ん中、なぜか都内のカフェで羽間陽と向かい合っている。

「いやあ、嬉しいな。芹香さんと休日にこうしてデートしているなんて」

「いえ……すみません。なんか、付き合ってもらっちゃって」

分が悪いのは私だ。何せ、誘ってきたのは羽間さんだけれど、会うのを了承したのは私だからである。

四月にあった社内ストーカー事件の際に、不本意ながら羽間さんとプライベートの連絡先を交換した。案の定、ゴールデンウィーク前には彼から食事の誘いがきていた。

これ以上羽間さんと深い仲になるわけにはいかない私としては、当然断った。

しかし、折しも母からは『ゴールデンウィークに帰省しなさい』の連絡。用事があると断ったら、証拠を見せなさいととんでもないことを言いだしたのである。

昔はともかく、今はそこまで従順な娘でもない。無視することもできた。

しかし、父も母も面倒くさいタイプで、結構強引。何をするかわからないので、今回は羽間さんにアリバイ作りを頼んだのだ。

「羽間さん、そこで止まっていただけますか？」

「はい、いいですよ」

私はふたり分のコーヒーとケーキ、そして羽間さんの袖と手の一部が写るアングルで写真を撮った。私の片手も入っている。

羽間さんはジャケットにジーンズといういでたちなので、写真に見切れているジャケットの袖だけなら男性か女性かわからないだろう。

【友達と買い物に来ています】

【母の日のプレゼントをふたりで探すので楽しみにしていてください】

ぽんぽんとメッセージを打ち、写真を添付して証拠送信完了だ。

それらの作業を終えるのを、羽間さんが興味深げに眺めている。細められた悪戯っ子のような目は、私しか知らない彼の表情。

「こう言うのもなんですが、芹香さんのご両親は過保護で過干渉ですね」

「本当にその通りなので、否定する気もないです」

私は大きくため息をついた。

「ひとり娘ということもあるんでしょうけれど、私が両親の思う通りに育たなかったからか、いつまで経っても子離れしてくれないというか」

「芹香さんは芹香さんのままで素敵なのに、ご両親の理想は別にあったということですか」

弁護士を目指させたかったとは、弁護士の羽間さんの前では言いづらい。私は曖昧に笑った。

「無視できるときはしっかり無視してます。でも以前、連絡なしでマンションに押しかけてきたことがあって。そのうち、会社にまで押しかけてくるんじゃないかと思ったら、適度に機嫌を取っておいた方が安全だなあって思うんです」

その結果、羽間さんの誘いに乗ってしまったわけだけれど。私はあらためて頭を下げた。

「今日はお付き合いいただき、ありがとうございます」

「俺としては、彼氏だと紹介してくれてもいいくらいですが。偽装彼氏役、やりましょうか？」

私はぶるんぶるんと首を振った。

「いえいえいえ、これ以上巻き込むわけにには。それに、うちの両親は地元で私の結婚相手を見つけようとしているみたいですから」

羽間さんの目の色が変わった。笑顔だが、冷笑にも見える。

あれ？　私、何か変なことを言った？

「へえ、芹香さんは地元で結婚されるんですか。確か福井とおっしゃってましたね。すでにいいお相手が？」

私、福井出身だなんて話したっけ。そう思いつつ、いえいえと首を振る。

「両親が勝手に言っているだけです。私は仕事が好きですし、気ままなひとり暮らしが気に入ってるので、東京で働きながら暮らしていくつもりですよ」

「ひとりが好きだから、俺の告白をスルーし続けるんですね。悲しいなあ」

私の返答が気に入ったのか、羽間さんのトーンはいつもの調子に戻った。しかし、全然悲しくなさそうな様子で悲しいと言えるのだから嘘くさい。そうやって、何人の女の子を都合よく扱ってきたのだろう。

「まあ、俺は休日に芹香さんとふたりきりで過ごせているので満足です。お母様に『母の日のプレゼント』を約束したのでしょう？　どうですか、せっかくなので一緒に買いに行きませんか？　俺も母に買いますので」

芹香さんに選んでほしいな、と絶妙に断りづらいワードを付け加えて頼んでくる。

「そうですね。……じゃあ、ご一緒していただこうかな……」

「嬉しいな。芹香さんと買い物。いよいよデートらしくなってきましたね」

「デートじゃありません。買い物に付き合っていただいているだけです」

私は若干やけくそ気味にケーキを大きく切り分けて口に運ぶ。

不思議なもので、私は今この瞬間がそれほど嫌ではないのだ。羽間さんは嫌味なところもあるし、明らかに私を都合のいい女のひとりに加えようとしている。だけど、彼を尊敬する気持ちや感謝する気持ちはあるのだ。

先日のストーカー騒ぎもそうだ。羽間さんは自分の仕事をしているだけと言いながら、芯が通った考え方をしている。そこは好ましい。

駄目だ。私、やっぱりあの夜から羽間さんを妙に意識してしまっている。一夜限りの関係だと言い張りながら、私の方が羽間さんのことを考えてしまう。

いっそ、都合のいい女になってみようか。彼は優しく紳士だ。現状、誰とも結婚する気がないのだし、そういった相手がいたって……。

「芹香さん？」

羽間さんが私の手に自身の手を重ね、顔を覗き込んできた。綺麗な顔が間近にある。

「ち、近いです！」

「あなたがぼんやりしていたので」

「あ、ええと、羽間さんのご実家はどこかなと考えていました……」

ごまかし半分で言うと、羽間さんが答えた。

「実家は都内ですよ。父も母もそれぞれ会社を経営しています。その関係でうちのボスにお世話になっていたんですよ」

「はあ、そんな繋がりが」

「父の会社は兄が、母の会社は弟が継ぐそうです」

「お兄さんと弟さんがいるんですね」

三兄弟の真ん中とは……。意外な家族構成まで知ってしまった。

そして、いつまでも羽間さんがテーブルの上で手を握っているので、私は勢いよく手を引っ込めるのだった。

セフレなんて、やっぱり駄目だ。私たちは仕事で繋がっただけの関係なのだから。

有楽町《ゆうらくちょう》・銀座近辺のブランドショップを回り、お互いの母親へのプレゼントを購入した。私はスカーフ、羽間さんはブローチ。羽間さんのお母さんは帽子好きだそうで、アレンジに使えるブローチを欲しがっていたとのこと。

羽間さんはひとり暮らしだと言っていたので、ご家族とは別居のはず。それなのに、お母さんの好みを把握しているなんて、家族仲がいいのだなと思う。

羽間さんは慇懃無礼《いんぎんぶれい》な変わり者ではあるけれど、育ちの良さはにじみ出ている。そして、私に見せる情熱的な顔も、愛されて育った人間の自己肯定感の高さゆえかもしれない。

つくづく、私とは違うなと感じてしまう。

買い物を終えると、早めに夕食をとった。気安い店にしようと、チェーンのビアホールにしたのはデートっぽさを少なくしたい私の足掻きである。

「羽間さん……、やっぱりお酒強いですよね」

「ええ。弱くはないですね」

すいすいとビールの大ジョッキを平らげていく羽間さんを見て、私は若干あきれ顔だ。あの晩、酔っていたなどと言っていたのはどこの誰だろう。あの仕草も酔ったふり？

私が考えていることなどお見通しのようで、羽間さんが言う。

「芹香さんはあの夜はあまり飲めていませんでしたね。お酒は苦手ですか？」

「人並みに飲めますけど、ひとりで帰れるように自制しているんですよ」

「帰れなくなったら、俺がお持ち帰りできますね」

「帰れますのでご安心ください」

「送り狼《おおかみ》という手も」

「ターゲットに自分の手の内を明かさないでください」

羽間さんが明るく声をあげて笑う。

こんな軽口を言い合う程度に、羽間さんといると楽しいのだから困ってしまう。

苦手という気持ちは変わっていない。だけど、嫌じゃない。

この綺麗な人の綺麗な目が私だけを映している瞬間を、少しだけ嬉しく思っている。

「芹香さんは、俺が伊達《だて》や酔狂であなたを落とそうとしていると思っているんでしょう」

私を見つめる焦げ茶色の瞳。真意を探りたいのか、少しだけ上目遣いだ。

「そうとしか思えませんので」

「信頼がないですねぇ。俺はこういった時間を積み重ねて、あなたからの信頼を獲得していくほかないんでしょう」

そう言って羽間さんはにっと笑った。男前だなあとため息が出そうな笑顔だ。

「だから、たまに俺に自己アピールの時間をくれませんか?」

「自己アピールって……」

「身体以外にも、あなたが惹かれる要素が見つかるかも」

身体は惹かれているなんて、うぬぼれているんじゃなかろうか。実際、相性は悪くなかったというか……いや、よかったけど……そうじゃなくて!

私が頬を熱くして狼狽するのを、羽間さんは楽しそうに見ていた。


連休が明け一週間、法務部に新人が入ってきた。

「はじめまして、津田江《つだえ》洸平《こうへい》です」

元気よく挨拶をしたのは明るい髪色の高身長イケメン。見るからに光属性のオーラがキラキラ輝いている。絶対、学生時代はクラスの中心にいたタイプの子だ。

おそらく法務部一同が若さと陽キャのムードを眩しいと感じただろう。

「まずは鶴居さんについて仕事をひと通り覚えてもらうからね」

山野部長がそう言って、私を紹介する。津田江くんは私を見て、にこっとさわやかに笑った。

「お世話になります。津田江です。よろしくお願いします」

「鶴居です。よろしくお願いします」

加納先輩から新人が入るとは聞いていた。噂に聞く通りなら彼は司法試験合格者だ。その津田江くんは私の隣のデスクにつくと、まじまじと私の顔を覗き込んでくる。

「鶴居さん、下の名前聞いていいっすか」

「芹香、です」

「芹香さん、イメージぴったりの名前ですね。美人系〜。あ、こういうこと言うとセクハラですよね。単なる感想だと思っていただければ」

からかっているのだろうか。いや、どうも素のようである。口数は多いタイプかもしれない。

「ひとまず、私の業務を一緒にやってもらうので、覚えてください」

「了解っす」

元気いっぱいなのは新人としていいことだろうし、性格が明るいのはとっつきやすくていい。

だけど、彼にもなんとなく裏があるように感じてしまうのは、なぜだろう。

そうだ、どことなく羽間さんと同じ匂いを感じるのだ。ただの先入観だろうか。


昼休憩は、私が近所の定食屋に彼を連れ出した。一緒に仕事をする上で、コミュニケーションの一環だ。こういった誘いが苦手なら明日からはやめればいい。

「鶴居さんと食事、嬉しいなあ」

心配など意味がないほど無邪気に喜ぶ津田江くん。並ぶと、羽間さんに近い身長がある。同じようなハイスペックイケメンでどことなく似た匂いを覚えつつ、表向きはタイプが違うとも思う。

羽間さんはクール寄りさわやかイケメン慇懃無礼タイプ。この津田江くんは、明るくチャラめのわんこ系で腹が見えないタイプ。

(どちらにしろ、頭がよくて意味不明な思考の人に振り回されがちだし、気をつけよう)

心の中で唱えつつ、注文する。

「津田江くんは司法試験に合格してるって聞いてるけど、司法修習生にはならなかったんだね」

どこに行っても聞かれるだろうことを一応聞いておく。彼は素直に頷いた。

「親からは検事を目指せって言われてましたけど、俺はガリガリ仕事したくないんですよね。刑事事件とか病みそうだし。かといって、大手の弁護士事務所なんかに入ったら、めちゃくちゃ働かされて余暇なんて寝るだけになっちゃう。俺は人生を充実させたいんで、仕事に全部持ってかれる生き方はしたくないんすよ」

清々しいほどの今時男子。それをさらっと言えてしまうのも、すごいなと思う。

「それで、うちなんだ」

「はい。雲間工業は業界大手ですし、福利厚生いいんで内定もらって即決でした。一般企業に入る司法試験合格者、今は結構いますよ。ほどほどの仕事と、充実の自分の時間。その道のスペシャリストとして重宝されて、将来は管理職。使いつぶされるより幸せに暮らせるじゃないっすか～」

明け透けなキャラクターは天然というより、多少自分で演出している様子はあるけれど、それでも先輩に壁を立てずに話してくれるのはやりやすい。

「っていうか、鶴居さんが俺のメンターで、すげー嬉しいです」

そう言って、向かいの席からずいっと覗き込んでくる。

おおう、近い近い。思わずのけぞり気味に下がった。

「鶴居さん、可愛いんだもん。芹香さんって呼んでいいっすか？」

「駄目。先輩後輩なんで」

「え～。あ、彼氏います？」

「いないけど。……待った、そういうこと聞くのも今時はアレだからね」

「嫌なら答えなきゃいいんですよ。普通のコミュニケーション。ま、俺はちょっと口説いてますけど」

口説くって……出会ったその日に先輩を口説くなよ。自分のスペックに自信があると、そういうことが平気でできるのね。

おののきつつ、ぴしっと先輩の顔を作って答える。

「私は仕事上の先輩後輩として津田江くんを指導していくからね。変な態度を取ったら、怒るよ」

「へーい。でも、怖い顔しても可愛いっすね」

やりやすいと思った数分前の自分をぶん殴りたくなった。前言撤回。エリート後輩くん、面倒くさい。

そう思いつつ、私の慣れない後輩指導の日々が始まったのだった。

津田江くんは驚くべき速さで法務部の仕事を吸収していった。

私の仕事だけでなく、他の社員の業務内容も把握し、場合によっては代行できるくらいになった。ここまでで一週間。

正直、想像はしていた。頭の回転が速いのは会話の端々からわかるし、仕事の効率もいい。普通の人が時間をかけて進む距離を、最短ルートで素早く到達できる人だ。

そして明るいわんこ系の性格が、先輩たちに可愛がられるのである。後輩と飲みに行きたい世代は法務部にも割といて、まあその筆頭が山野部長なわけなのだけれど、しょっちゅう津田江くんは終業後に連れ歩かれているようだ。

翌日、二日酔いでぐったりしているのは連れていった山野部長らで、津田江くんはしゃっきりいつも通り出勤してくる。

『嫌なときは断るんだよ』と一応忠告したのは、彼が余暇を大事にしたいと言っていたから。先輩に連れ回されるのでは早々に嫌になってしまうのではなかろうか。

しかし、まったく平気な顔で『楽しいっすよ。奢りでうまい酒飲めて最高っす』という答えが返ってきた。どうやら、根っからの人間関係上手にとって、先輩と飲みに行くのは楽しいコミュニケーションの範囲らしい。

『鶴居さんが一緒ならもっと嬉しいな～』などと余計なことも言うので面倒くさいけれど。

ただ津田江くんが仕事ができすぎて明るすぎるために、コンプレックスを刺激されるのか、嫌な顔をする面々も部内外で現れ始める。そのあたりの調整役は私が務めた。間に入り、双方の意見を聞きつつ円滑に業務を進める。

私の本来の得意分野は人と人を繋いだり、調整したりなんだよなあと、津田江くんに関わってあらためて実感した。

本日、私は津田江くんを伴って十河法律事務所を訪れていた。

まだ羽間さんに津田江くんを紹介していないのだ。そして、私もゴールデンウィークに会った以来、羽間さんに会っていない。

いや、会いたかったわけじゃない。格別用事がないからメッセージなども送り合っていないし、元気かなと思ってはいるけれど会いたかったという気持ちではなく……。

気づくと心の中が言い訳でいっぱいになっている。

いけない、いけない。私は先輩として部署の後輩を伴って顧問弁護士に挨拶に来ているのだ。

事務の年かさの女性に案内されて、事務所の応接室に入ると、間もなく羽間さんが姿を現した。

「こんにちは。ご足労いただきありがとうございます」

私の横で津田江くんが小さくため息を漏らすのが聞こえた。どうやら、やってきた羽間さんのスタイリッシュな佇まいに感嘆の息が漏れた様子。

羽間さんの洗練された雰囲気は、初対面の人ならまず呑《の》まれる。

「はじめまして。雲間工業法務部、新入社員の津田江洸平です」

真新しい名刺を差し出して挨拶する津田江くんは、珍しく初々しい。こんな顔も見せるのねと私の方が新鮮な気持ちになった。

「羽間陽と申します。御社とは昨年からのお付き合いをさせていただいています」

羽間さんの名刺を受け取り、津田江くんがあらためて深いため息をついた。

「羽間先生、めちゃくちゃ格好いいっすね。え、昔モデルやってたとか、そういう経歴あります？　一般人とはオーラが違いすぎますって」

本人を前にして、ストレートで素直すぎる褒め言葉。

一瞬にして私は焦った。初々しい姿どころか、この言葉はあまりにも子どもっぽすぎないだろうか。

羽間さんはクールに微笑み、答えた。

「ありがとうございます。残念ですが、ごく一般的な経歴しか持ち合わせていません。そんなふうに言われたら照れますね」

（褒められ慣れてるから、全然照れてないし）

私は心の中でツッコミを入れる。津田江くんの子どもっぽさに妙な顔をされたらと不安に思ったけれど、杞憂《きゆう》だったようだ。

席を勧められ、座ったそばから津田江くんが口を開いた。

「そうそう、俺、羽間先生の大学の後輩にあたるんですよ」

「伺っています。司法試験は昨年合格している、と」

「そうなんです。それも羽間先生とおそろいっすね」

無邪気になついている様子の津田江くんに、羽間さんもまんざらでもなさそう。

案外、こういう忠犬タイプの後輩は、羽間さんには目新しい存在なのかもしれない。

相性がいいなら、羽間さんの窓口担当を津田江くんに変更するのはどうだろう。

そんなことを考えていた私は油断していた。隣の津田江くんの目が変わったのに気づかなかったのだから。

「俺が法務部で一人前になったら、羽間先生の仕事がなくなっちゃいますね」

へらっと笑って、とんでもなく失礼な爆弾を投げる津田江洸平。私は腰かけた姿勢でぴしっと固まった。

しかし、羽間さんはまったく動じる様子もなく、涼やかな笑顔で答えるのだ。

「そうかもしれませんね。私の後輩ということは、津田江さんは優秀でしょうから」

「そうなんです。俺、結構優秀なんで、羽間先生を退屈させないと思いますよ」

「つ、津田江くん!!」

思わず私が制止するほど津田江くんが危なっかしい。確かにこの程度の挑発で揺れる羽間さんではないだろうけれど、津田江くんに悪感情を持たれてはこの先の仕事に障る。

そのとき、応接室のドアがノックされた。顔を出したのはボス弁護士の十河先生だ。その後ろには娘さんの亮子先生もいる。

「雲間工業の新人くんと聞いてね。私たちも挨拶させてほしいな」

「十河先生、亮子先生」

私は津田江くんを引っ張るように立ち上がる。津田江くんが「はじめまして～」と軽いノリで両先生に向かって歩み寄っていく。

三人が挨拶し、十河先生が「今からでもうちにおいでよ」などと津田江くんを勧誘している間、私の隣には羽間さんが来ていた。ごくごく小さい声で言う。

「俺の仕事がなくなっちゃうそうですよ」

「す、すみません。うちの新人が生意気を言いまして」

帰ったらこの件については絶対お説教だ。失礼にもほどがある。いくら、羽間さんが面白がっていたって、社会人として言っていいことと悪いことがある。

すると、羽間さんが意地悪な口調で耳打ちした。

「そんなことになったら、芹香さんは寂しいでしょうね」

「寂しくないです」

低い声で間髪入れず断言すると、羽間さんが楽しそうに笑った。相変わらず、全部見透かされているような気分だ。


十河法律事務所での挨拶をひと通り終え、私と津田江くんは帰社の途についた。なんだかどっと疲れたなあ。

「羽間先生、すげーイケメンっすね！　好み～！」

「津田江くん、きみねえ」

無邪気にキャッキャしている津田江くんにすでにお小言が出そうになる。馴れ馴れしすぎだし、無礼だし、まったく最近の若い子ときたら……。

というか、イケメン具合はきみもかなりいい勝負だと思います。そんなこと言うと、また口説かれるから言わないけど。

「芹香さん」

背後から呼ばれ、私は振り向いた。津田江くんも振り向く。

そこには事務所から急いで出てきたといった様子の羽間さんの姿。スーツのジャケットの裾が翻る様子も美しい。

しかし、なんだか芝居がかってない？　駆け出てくるような用事、ないよね。

「間に合ってよかった。お戻しする資料を忘れていました」

そう言って、私の手に封筒を渡す。

あれ？　これはメールで済む内容だったはずだけれど。

「それでは、お気をつけて」

「はい、失礼します」

頭を下げて、事務所に戻っていく羽間さんを見送る。彼の姿がビルの中に見えなくなると、横で津田江くんが声をあげた。

「なんで羽間先生は鶴居さんを名前で呼んでんすか!?」

ハッとして、私は津田江くんを見る。最近、ふたりのときは名前で呼ばれるので慣れてしまっていて気づかなかったけれど、たった今、彼は私を名前で呼んだ。よりにもよって、津田江くんの前で。

「え？　付き合ってます？」

「違う違う違う」

否定しながら、羽間さんの芝居がかった様子が思い返された。津田江くんに匂わせをしたとしか思えない。

「え～？　ただならぬ関係が透けて見えますよ！　教えてくださいよ～！」

「たまたま！　同じ苗字の人が羽間さんの近くにいたから、私が名前で呼ばれてるだけ！」

咄嗟《とっさ》についた嘘に、津田江くんはたぶん納得していない。

「はい、帰るよ！」

まだ何か言いたげな背中を押し、私は会社に戻るのだった。

少しだけ考えた。

もし、羽間さんが顧問弁護士を外れたら、私はどうだろう。

彼の言う通り、寂しいだろうか。

（寂しいかも……しれない）

心に芽生えた感情には薄もやがかかっていて、煩雑としたまま。それ以上考えてはいけないように思えた。

閑話休題②　羽間陽は独占欲が強い

職場の十河法律事務所から自宅マンションへは徒歩十五分ほどなので歩くことが多い。銀座の街を抜けていくとき、賑やかな街のショーウィンドウは嫌でも目につく。

（これ、芹香さんに似合いそうだな）

ハイブランド店にディスプレイされているワンピースを眺めてそう思う。買ってプレゼントしたら、ひきつった顔で拒否するだろう。『私たちの関係でこういった高価な贈り物は困ります』なんて真っ赤になって突き返してくるに違いない。そういう節度あるところが好きだ。そして、少しだけ俺を意識してくれるところはもっと好きだ。

「誕生日、いつだろ……」

思わず、ぼそっと声に出てしまった。俺は鶴居芹香についてろくに知らない。

誕生日がわかれば、プレゼントを贈れる。母の日のプレゼントを一緒に買いに行ったように、デートに誘うことだってできる。

（あの男なら自然に誕生日も聞き出せそうだな）

今日、彼女が連れてきた雲間工業の新入社員のことを思い出す。津田江といったか。

明らかに彼女に好意がありそうな素振りだった。意味ありげな視線を俺に送ってくるのは、俺への対抗心だろう。

だからこそ、俺も大人げなく彼女を名前で呼んでみたのだが。

(あれは、芹香さん、怒っていそうだな)

おそらく津田江に関係を尋ねられただろう。それでいい。ああいった男が近くにいるのだ。虫除けくらいしておかないといけない。

彼女は自分の魅力を知らないのだ。いたって普通の外見だと思っているかもしれないが、充分女性として魅力的だ。

それに、彼女の真面目で一生懸命な内面は俺のような男には刺さる。俺が知らない感情を、彼女はたくさん味わっている。だから興味が尽きないし、俺のものにして彼女の中身をつぶさに観察したい。ドロドロに甘やかしたいし、快楽でとろけさせたい。俺なしで生きていけなくさせたい。

そして、俺は知っている。鶴居芹香は俺なしで生きていけないような女ではないのだ。そこがいっそういいと思うし、惹かれてやまない。

あの津田江が、彼女の真摯な輝きに気づかなければいい。

俺より近くで彼女に迫れば、彼女はまた慣れない冒険心を出そうと心が揺れてしまうかもしれないのだから。

（一刻も早く、俺のものにしないと）

夜の街に吹く風は、先週よりずっと暖かい。焦燥を抑え込んで、喧騒を縫いつつ家路を急いだ。

5　問題勃発

五月末の休日、私はいつも通りひとりで街を歩き回っていた。昨日は加納先輩と映画を観たので、週末ずっとぼっちではない。ただ、私はひとりで行動するのが好きなだけだ。

買い物といっても大きな目的はないので、日用品を扱うホームセンターや雑貨店を中心に回っている。有名な郊外型のホームセンターは、ここ数年都心部のビル内に店舗が増えているので便利だ。

ピンチハンガーとバスタオルを新調したところで、スマホにメッセージが届いた。

「羽間さんから？」

しょっちゅうメッセージがくるわけではないので、気になった。メッセージにはこうある。

【大事な用事があります。少しでいいので会えませんか？】

大事な用事という言葉にどきんとした。

相変わらず羽間さんは真偽不明の好意を見せてくるけれど、まだ飽きないのだろうか。本気と言われても、あんなに浮世離れした人の好意に本気を返したら、馬鹿を見るのはこっちだ。何番手かの都合のいい女として扱われるに違いない。

しかし、大事な用事とはなんだろう。

脳裏に、私を射貫く真摯な眼差しが過る。少しだけ寂しそうに私を見つめる彼。私がこんなふうに逐一気にするようになるのが狙いだとしたら、引っかかってはいけない。

「あ～もう、仕方ないなあ」

考えとは裏腹に【どこへ行けばいいですか？】とメッセージを返すのだった。手には買ったばかりの荷物があるというのに。

本当に、私はどうしちゃったのよ。


私がいたのが新宿《しんじゅく》ということもあり、羽間さんが新宿にやってきて落ち合った。

いったいなんの用事だろうと少々ドキドキしながら、新宿御苑《ぎょえん》近くのカフェに入った。ランチタイムを過ぎているけれど、店内は客で賑わっている。

「芹香さんの誕生日はいつですか？」

向かい合った席につき、注文を済ませるなり羽間さんがそう尋ねてきた。

ここに来るまでずっと真面目な顔をしていたと思ったけれど、聞きたいことって誕生日？

「いきなりなんですか」

「ずっと聞きたいと思っていたんですが、格好がつかないなと聞けずにいました。でも、思いきって聞いてしまった方が早いかなと」

「スマホのメッセージでも済んだのでは」

「直接聞きたかったので」

大事な用事というワードに疑問符を浮かべまくりながら、私が答えずにいると、ずいっと顔を近づけられた。

「で、いつですか」

何を焦っているのだろう。私はおずおずと答える。

「えっと、……来月の十日です」

羽間さんの目が丸くなる。今日はなんだか、表情が豊かだぞ、この人。いつもの人を食ったような冷笑は見せない。

「……プレゼント、買いに行きましょう。これから」

「いえ！　いいです！　いいですって！」

「好きな人の誕生日を祝いたい、プレゼントを贈りたいというのは普通の感情でしょう」

「っていうか、大事な用事ってこれですか？」

私の焦った声に、羽間さんはきょとんとし、答えた。

「ええ、そうですが」

大真面目に誕生日を聞くために、私を呼び出した羽間さん。彼は私をじっと見据えて言う。

「大事な用事と言って、あなたに会う理由にしたことは申し訳ありません。でも、芹香さんの誕生日を知りたかった。叶《かな》うならプレゼントを贈りたかった。少し距離を縮めたかった。迷惑でしたか？」

迷惑かと言われれば、別にそうでもない。だって、私は断ることもできたのに、メッセージに応じてここに座っているのだ。

「そういう羽間さんはいつなんですか？」

「五月の頭です」

ごまかすために尋ね返したら、あっさりと答えてくる。私の方が焦った。

「今月じゃないですか！　こっちこそ、プレゼント買いますよ！」

「持論ですが、引用するなら芹香さんも俺を好きだからプレゼントを渡したいということに……」

「なりません、なりません」

なんだかずっと私ひとりが慌てているような気がしてきた。羽間さんは熱心な真顔を緩め、普段の雰囲気に戻りつつあった。

本当に私の誕生日を知りたかっただけみたい。変な人だ。

コーヒーとケーキが私たちの前に届く。この店自慢のふわふわのシフォンケーキには生クリームとチョコレートソースがたっぷりだ。

しばしの無言の後、羽間さんが口を開いた。

「プレゼント、贈らせてもらえませんか？」

「そ、そういう親しい関係ではないでしょう」

言ってから、冷たく響いてしまったと自己嫌悪を覚えた。

いや、私たちは節度ある関係の仕事仲間で……。

「じゃあ、ここは俺の奢りです」

私の答えを想定していたかのように羽間さんが少し笑った。

「私だけもらっては、フェアじゃないです」

「なので、また今度お茶してください。芹香さんの奢りで」

「え……」

「これでデートが一回増えました」

そう言ってふっと口角を上げる彼は、優しいような寂しいような笑顔。その表情は、なんというかとても……。

(そんな可愛い顔で笑わないでよ……)

この表情も私だけに見せてくれるのかと思うと胸が苦しい。

私、単純に彼の顔が好きなのかな。イケメンに弱いだけなのかな。そうだとしたら情けないんだけれど。

「……羽間さん、私のことをからかっても楽しくないですよ」

ぽつりと視線を外して言った。牽制《けんせい》のつもりはない。ただの事実だ。

彼が私に何を求めてこういった恋愛のゲームを仕掛けてくるのか、私にはわからない。たったひと晩寝た相手に執着するような人には見えなかっただけに、不思議なのだ。

誤解なら、そろそろ目を覚ましてほしい。

「俺はからかってるつもりはないですし、芹香さんに本気だと言っています」

羽間さんはコーヒーをひと口含み、静かに答えた。考える余地もない、用意された答えに感じられた。

「た、たまたま、……そういう相性はよかったかもしれないですけど……」

「相性がいいと思ってくれてたんですね。俺もそう思ってました。あんなに合うのはあなたが初めてで」

食い気味に言う羽間さんはいつもの彼だ。私は口を滑らせたことを後悔しつつ、熱くなる頬を隠したくて横を向いた。

「そうじゃなくて！　羽間さんは私を落とせば満足かもしれないですけど、あなたの相手としては面白くないです。美人でもないし、頭がいいわけでもない。普通の会社員なんですよ」

「芹香さんはわかっていないですね。俺はあなたの内面に惹かれているんですよ」

口調が変わったので、おそるおそる視線を羽間さんに戻す。彼の目は細められていて、笑顔なのにうすら寒く感じるのはどうしてだろう。

「ひたむきに自己実現の夢を持ちながら、お人好しで色々なことに巻き込まれる。他者を切り捨てられない。矛盾と高潔さが入り混じっている」

「わけがわからないです」

「俺にはないんです。そういう部分が。だからあなたの真摯な生き方に惹かれてしまう」

今この瞬間、私は彼の本音に近い部分に触れているのかもしれない。よく理解できないけれど、皮肉や笑顔に包まれていないむき出しの感情がすぐそこにある気がした。

あの晩も、彼は私を同じように見下ろしていた。欲望の瞳で。

「付き合ってください。芹香さん」

「私は……羽間さんのことをそんなふうには……」

そう言いかけて、心の中で私の声が問いかける。

(じゃあ、羽間さんのことをどう思ってるの?)

嫌味で意地悪で、すぐにからかってくるこの人が苦手だった。顔がよすぎて、頭もよすぎて、違う世界の人間にしか思えなかった。そんな彼と、たったひと晩触れ合ってしまった。

さらけ出し、暴き合い、ふたりだけの秘密を作ってしまった。

そのせいで、私の心がぐちゃぐちゃに揺れてしまっている。

「相性がいいと思ってくれたなら、セフレでもいいです。あなたにとって都合のいい男にしてもらえませんか?」

そう言って極上の笑顔を向けられ、私は狼狽のあまり首をぶんぶんと左右に振った。

「そんなの駄目です！　絶対駄目！」

「なぜ？　俺はあなたに触れたい。あなたの視界に入り続けられるなら、なんでもできるのに」

羽間さんの手が私の手に重なる。手の甲をさすり、指と指を絡めてくる。その触れ方には、愛欲の情があった。

この人は、今この瞬間にも私を抱きたいと思っているのだ。

どうしよう。私もそれを嫌ではないと感じている。

答えを出せないくせに、いまだに彼を信頼していないくせに、繋がった手からドロドロ溶けそうなくらい彼に神経を集中させている。

「すみません。困らせましたね。焦ってるのかな」

そう言って、羽間さんが手を離した。ホッとしていいのか、寂しいのかわからない。

「焦ってるって……」

「津田江くんの存在です。優秀な若者があなたのすぐそばにいるかと思うと、心配で」

もしかして、誕生日の件も今日の呼び出しもセフレ発言も、全部津田江くんの登場のせい？　羽間さんがそれほど真面目に嫉妬しているなんて信じられない。

「津田江くんとはなんでもないですよ！　ただの先輩後輩です！」

「本当ですか？」

「本当も本当です。五つ下で、今時の若者すぎて言ってることの半分は意味不明だし」

「必死に弁明してくれるってことは、まだ俺にも可能性があるって思っていいですか？」

そう言われ、私はうぐぐと返答に詰まった。結局、終始羽間さんのペースになってしまうのだ。やっぱり来ない方がよかったのだろうか。


休日のお茶は短い時間だった。

駅で手を振って私を見送る彼。はたから見れば、私たちは平和な休日を過ごすカップルだっただろう。

電車のドア近くに立ち、車窓を眺めた。

(羽間さん、本気で私のことが好きなの？)

振り回されているだけだと思いながら、振りきれない。彼の熱い瞳に捕まると、胸が苦しい。

（私は羽間さんのこと、どう思ってるんだろう）

激しい逢瀬の思い出だけじゃなく、その前後すべて。彼と出会って、今日までの全部を思い返す。

（こうして会いに行ってしまうのが答えな気がする……）

困惑も胸の高鳴りも収まらないまま、休日は過ぎていくのだった。


六月、雲間工業法務部では他社とのトラブルが持ち上がっていた。

「特許権侵害、知的財産権侵害か」

山野部長がデスクに置いたのは、ある電熱器具メーカーのパンフレットである。ホクホクシステム株式会社というその小さなメーカーは、電気ブランケットや小型ヒーターなどを販売している。

しかし、どうやら一部製品の内部構造に雲間工業の技術が使われているようなのだ。雲間工業が特許を取っている樹脂コーティング技術を、自社で独自に開発したと謳《うた》っているのである。

昨年の冬にプチヒットしたＵＳＢ充電式の電気ブランケットをきっかけに、雲間工業のエンジニアたちが技術の模倣に気づいた。パンフレットやホームページで堂々と独自技術と語るホクホクシステム側。さらにはホームページ上で技術について語られている文言は、雲間工業とそのユーザーであるメーカーのホームページからの流用であった。

年明けから法務部と担当部署が質問状や警告の書面は送っているのだが、先方はすべて無視。羽間さんから弁護士として書面を送ったところ、海外に本社があり、そちらから正式回答をすると言われた。しかし、一向に返事がこないまま夏がやってこようとしている。

関係各所が話し合い、ホクホクシステム株式会社を特許権侵害、知的財産権侵害で訴えることが決まったのだ。

「あとはこちらの仕事になりますので」

会議を終えた羽間さんが法務部のオフィスにいる。山野部長と最後の詰めを終えたところだ。実際の訴訟になると弁護士事務所に業務のすべてが移る。

「連絡は鶴居さんを通じて随時」

「羽間先生、ありがとうございます。よろしくお願いします」

山野部長がそう言ったところで、突然私の横で津田江くんが声をあげた。

「訴訟になるんですよね。はいはーい、俺、羽間先生を手伝いたいです！」

相変わらず自由人な新人にひゃっと声をあげそうになりつつ、慌てて津田江くんを抑える。

「津田江くん、ふざけてちゃ駄目だよ」

「え、だって、十河法律事務所って人少ないですよね。羽間先生だって他にもお仕事がたくさんある中、忙しくなっちゃうじゃないですか。まずは訴状作りでしょう。証拠集めや、訴訟を任せてくれたメーカー側にも連絡を取らなきゃいけないし、やることたくさん。俺、パラリーガルやりますよ」

そんな理屈が通るわけがない。山野部長も困った顔で言う。

「津田江くん、出向したいって意味かい？　いくらなんでも、それは駄目だよ」

「津田江くんは張り切って言ってしまっただけなので。ね、冗談はやめておこう」

必死に抑えようとする私を見て、津田江くんは不思議そうな顔をする。

「俺が法律事務所の仕事を経験するのは、ひいては法務部のためになると思うんすけど、どうしてもいけませんか？」

おそらく仕事ができる彼は、すでに法務部の仕事に退屈を覚えているのだ。だから新しい刺激として、十河法律事務所に興味があるのだろう。挨拶に赴いたときは、十河先生たちに『今からでも』と勧誘されていたし。それにしたって、きみはのんびり暮らしたいから一般企業に来たんじゃなかったの？

「山野部長、俺、羽間先生の下で勉強したいっす。いっときでも駄目ですかぁ？　役に立って、羽間先生に褒められて戻ってきますよ～」

甘えた声で言う津田江くん。やる気のある部下が好きな世代に刺さる態度だ。本当に彼は自分の魅力をよくわかって行動している。

「でもねえ、津田江くん」

「いいですよ」

そう答えたのは羽間さんだった。山野部長の横で穏やかに微笑んでいる。

「津田江くんが経験してみたいというなら、本件だけですが、私の業務を手伝ってください」

「お、やった。ありがとうございます、羽間先生」

津田江くんが目を輝かせて羽間さんに歩み寄る。がしっと握手するのだから、どこまでも馴れ馴れしい。

山野部長が困った顔で私を見るけれど、私だって彼の奇想天外な行動すべてを抑止できないですよ。

結局、津田江くんは羽間さんの一部業務を手伝うことになった。出向という形は取らず、あくまで手伝いの範疇《はんちゅう》。十河法律事務所と雲間工業を行き来して業務を行うという。

「鶴居さん、お目付け役をお願い」

山野部長に言われ、私はあからさまに嫌そうな顔をしてしまった。

「どうして私が……」

「津田江くん、仕事はできるし頭もいいけど、ちょっと危なっかしいでしょ。羽間先生も人当たりはいいけど、癖があるタイプだし、ふたりを揉めさせたくないんだよ。わかる？　わかるよね」

山野部長の必死の頼みに、私は唸った。

否定できない。津田江くんが今まで以上に羽間さんに失礼な行動を取る未来しか見えない。

羽間さんはわかりやすく怒らないかもしれない。だけど、雲間工業との信頼関係にはひびが入る可能性も……。

「わかりました……」

「本当にごめんね、鶴居さん。なんか色々任せちゃって」

最近、面倒事係になってきている気がする。ため息しか出てこない。

「津田江くん」

羽間さんが帰った後、昼休憩の際に津田江くんを捕まえた。彼の行動には先輩として注意してきたつもりだけれど、真意を測りかねることは困る。

「津田江くん、どういうつもり？」

「何がっすか？」

とぼけているのではなく、無邪気な様子で尋ね返してくる。私は眉を吊り上げ、彼にずいっと顔を近づけた。

「羽間さんの下で仕事をしたいなんてどういうことなのか聞いてるの。一般企業で忙しすぎない日々を送りたいって言ってたじゃない」

そして、私も巻き込まれているのに、彼はなんとも思っていない様子なのが苛立たしい。

「それとも、やっぱり法律事務所で弁護士として働きたくなった？　うちじゃ、物足りなくなったとか」

ちらっと見上げるように彼に尋ねると、津田江くんがぱあっと明るい表情になった。

「鶴居さん、そんな可愛いこと言ってくれるんですね～。大丈夫ですよ。いなくなったりしないですから」

「いやそうじゃなくて」

本当にそうじゃない。だけど彼のような人にとって、この仕事が退屈でも不思議はないと思ったのだ。

津田江くんは少し考えるように天を仰ぎ、それから私を見た。人差し指で顎をトントンと叩く仕草は可愛いのだけれど、妙に彼に似合っている。

「本音を言えば下心です」

「下心？」

「俺、羽間先生がタイプなんですよ」

タイプ？？？

私は口をぽけっと開け、固まった。どういう意味かわからず、タイプという言葉を反芻《はんすう》し、ようやく合点がいって彼の顔を凝視した。

津田江くんは軽い雰囲気で笑っている。

「俺、恋愛対象が男女どっちもなんですけど、羽間先生は初対面からもう好みど真ん中。頭も顔もよくて、ちょっと性格悪そうなところがたまんないんですよね。十歳上とか全然許容範囲ですし」

性格が悪いのは当たってる……じゃなくて！　恋愛的な意味だったんだね、やっぱり！

津田江くんが羽間さんを好き……。単純に考えたら、イケメン同士お似合いすぎるけれど……。

言葉を失って狼狽しきりの私に、津田江くんは続ける。

「手伝いたいって言ったのは、こういう機会に自分を売り込んでおきたいっつう下心です。あの人、たぶん好きになったら男女関係ないタイプだと思うし、自分自身の面倒くさいところもわかってそうだから恋人選びも慎重そう。俺、充分チャンスがあるって思ってます」

すごい自信だ。でも、津田江くんの指摘は案外的を射ているのではなかろうか。

羽間さんは私を相手にしたように、軽く誰かと寝る人かもしれない。だけど、恋人や伴侶は一定の条件をつけて選びそうだ。津田江くんは短い期間なのに、羽間さんをよく見ている。

「あ、でも今この瞬間、鶴居さんが『私と付き合おう』って言ってくれたら羽間先生はすっぱり諦めます。鶴居さんもすごく好きなんで。顔とかスタイルとか性格とか」

「いや、それは言わないけど」

えー残念、と津田江くんは声をあげた。

好きという言葉が軽い。私とは違いすぎて、一生理解し合えない気がしてきた。

だけど、こういうフットワークが軽い子の方が恋愛は楽しめるに違いない。津田江くんは恋愛対象が広いけれど、相手が同じタイプかはいつだって未知数だろう。だからこそ、こういった恋愛観を持っているのだろうか。

津田江くんのような頭が切れる若者、羽間さんは好きだと思う。

恋愛感情こそ抱かなくても、なついてきたら無下にできないはず。そんなことをしているうちにほだされてしまったらどうしよう。

私と寝たみたいに軽い気持ちでベッドインして、そのままなんてことに……。

「鶴居さん、俺、昼飯買いに行きますよ。一緒に行きますか？」

「行かない。……引き留めてごめん」

「んじゃ、いってきまーす。午後も頑張りましょうね～」

明るい声の後輩を見送り、私は変な汗をだらだらかいていた。

訴訟に向けての準備が始まった。といっても実際の仕事は羽間さんひとりでどうにかなる。そこに津田江くんが弟子入りするような状態で仕事を学んでいる。

私は彼らの業務の事務的な部分のみを担当。雲間工業で作業する時間がほとんどだ。津田江くんは逆に十河法律事務所に詰めている時間が長い。お目付け役に任命されている私は、日に一度は様子を見に行くのだけれど、津田江くんはすっかり事務所に馴染んで楽しそうに仕事をしていた。

何より驚いたのは、羽間さんと円満に仕事をしているところだ。

絶対、最初のうちは生意気を言ってぶつかるだろうと思っていたのに、そんな様子はない。羽間さんが指示したことは素直且つスピーディーに済ませ、先んじて仕上げた仕事については褒められていた。

あの羽間さんが、人を褒めている‼　……と私が一番驚いたのはそこなんだけれど。

「鶴居さん」

その日、事務所を訪れた私に諸連絡を終えると、羽間さんが言った。

「外でお茶でもどうですか?」

「あ、ずるい。俺も一緒に行きたいです」

話を聞いていた津田江くんが声をあげる。甘えた声なのは、すでに羽間さんと距離が縮まっているせいもあるだろう。羽間さんも平気な顔で答える。

「津田江くんの仕事ぶりについて話してくるんですから、きみがいたら駄目でしょう」

「今、ここで評価してくださいよ～」

「鶴居さんは、山野部長に頼まれてきみの監視役をしているんです。きみに聞かせる理由はありません」

そう言って、羽間さんは私を押し出すように事務所の外へ連れ出した。すでに終業時間後だから、報告方々お茶を飲むくらい問題ないだろう。以前止まったエレベーターは順調に一階に私たちを運ぶ。

「津田江くん、思った以上に仕事してくれますよ」

「あ、本当ですか。ご迷惑をおかけしてないですか？」

「生意気ですけれどね。十河先生は、本当にうちの事務所に引き抜きたいと言ってます」

「好いてもらえてありがたいです」

そう答えながら、もやもやとしてしまう。

羽間さんは津田江くんをどう思っているのだろう。ぐいぐいくるだけの後輩なら、興味はないかもしれない。だけど、クレバーでスマートな仕事ぶりに好意を持ったらどうだろう。

事務所に近いチェーンのコーヒーショップへ向かったが満席だった。

「散歩がてら話しましょうか」

「ええ、いいですよ」

アイスコーヒーを買い、歌舞伎座の前を抜けて東銀座から有楽町方面へ歩く。

街は夕焼けに照らされていた。梅雨時とは思えないくらい今日はよく晴れていたので、暮れていく空も美しい。

「訴訟の件ですが、お知らせした通り訴状が受けつけられ、第一回期日も決まりました。ホクホクシステム側に訴状も届いたところです」

「はい、順調ですね」

「ただ、ちょっと面倒な申し出があちらからありまして」

羽間さんがふうとため息をついて言う。

「ホクホクシステム側の代表と弁護士が、一度面談したいと言っているんですが、現地まで来てほしいと言っています」

「現地……本社はアメリカだと言っていませんでしたか？」

そう聞いていたから、以前質問状を再送付した際は英訳をつけたのだ。今回の訴訟資料も英文での用意も手伝っている。

「それが実際はタイにあると言っています。登記は都内なので、海外本社の実態があるかも怪しんでいます。うちの事務所のツテで、現地の協力会社を頼って調べてもらっていますがね。ともかくホクホクシステム側の代表は事情があって動けないから、現地に来てほしいと」

そんなに曖昧な会社があっていいのだろうか。しかし、バズった商品を作っているからといって安全な企業とは限らないだろう。今までの誠意のない対応からも明らかだ。

「訴状は届いているんですし、和解も含めて裁判所ですべきではないでしょうか」

「俺もそう思います」

「面談を望んでいるのは向こうで、正式な回答もせずに逃げ回っているんですよね」

「訴訟取り下げを狙っての示談交渉なら、会うのは吝《やぶさ》かではありません。このタイミングなら雲間工業側の有利な条件で和解できるでしょう」

羽間さんは言葉を切り、苦笑いした。

「弁護士はブレーンですが手足でもあります。御社が示談交渉に赴いてくれと言うなら俺は行かなければなりません。どちらにしろ、山野部長にご相談しないといけないので、明日にでも津田江くんと雲間工業へ参りますよ」

そんな実態が不明瞭な企業の代表と会うなんて心配だ。しかも相手の本拠地に赴くなんて、羽間さんは危なくはないだろうか。

「おひとりで、大丈夫ですか？」

「面談はバンコク市内のホテルのラウンジでやります。あとは、津田江くんを現地に連れていこうと思います」

ドキッと心臓が嫌な音を立てた。

津田江くんとタイへ？

「芹香さんも行きたいですか？」

微笑まれ、私は正気に戻る。一瞬とはいえ、何を考えていたのだろう。仕事上の話で彼の身を案じていたのに、心が曇って違うことを考えた。

「危なそうなので遠慮したいです」

「ですね。俺も、あなたは連れていけないです。芹香さんと旅行するなら、プライベートがいいな」

「そんなお約束はできません」

羽間さんは面白そうに笑っていた。

これらはすべて仕事。津田江くんに多少の私情があったって、彼だって馬鹿じゃない。弁《わきま》えた行動を取ってくれるはずだ。

「行くとしたら、お土産《みやげ》買ってきますね」

「いりません」

「お土産くらい受け取ってくださいよ」

並んで歩く私たちは仕事仲間。それなのに私はどうしてもやもやしてしまうのだろう。

芹香さん、と名前を呼ばれ、顔を上げた。

「夕日、綺麗です」

銀座四丁目の大きな交差点、ビルとビルの間にまばゆい夕日が見えた。多くの人が思わず目を奪われる美しい刹那。

私も立ち止まり、濃い蜜柑色《みかんいろ》の光に目を細める。

夕日を背に羽間さんがこちらを見ていた。逆光の中、その表情は慈しむように優しい。

（今、同じことを考えているんだってわかる）

一緒に夕日を見られて嬉しい。きっと羽間さんはそう思っている。日常の中で、一瞬のきらめきを共有している今をいとおしく思っているのだろう。

（この人は、こんな些細な瞬間も大事にしてくれているんだ）

同じ夕日を眺めている人はこの銀座に多くいるというのに、ここには私と彼しかいないような不思議な感覚だった。わずかな一瞬に、永遠を感じさせる何かが確かに存在していた。

「あ……」

最後の残光がビルの陰に消えた。日はまだ沈みきっていないが、私たちがそれを目にするためにはもう少し移動しなければならないだろう。

「……戻りましょうか」

羽間さんが静かに言った。散歩は終わりだ。

先に進むのではない。私たちは夕日を背にして、事務所に戻るのだ。

私は頷き、汗をかいたアイスコーヒーのプラカップを握り直した。

翌週、羽間さんと津田江くんはタイに向けて出国することとなった。夕方のフライトで出かけるというふたりを、十河法律事務所まで赴いて見送ることにした。一応、津田江くんの監督責任があるのだ。

「津田江くん、ちょっと」

隙を見て津田江くんを事務所の廊下に引っ張っていく。

「いい？　おとなしくしてること。危険なところは避けること」

注意をしておかないと、この核弾頭は何をしでかすかわからない。頭脳と性格が私とかけ離れすぎていて、心配しかないのだ。

すると、かがむように津田江くんが私の顔に顔を近づけた。背が高いせいなのだけれど、大きく身体をかしげて覗き込んでくるので、まるでこっちが子どもみたいな扱いだ。

さらに津田江くんは私の頭をよしよしと撫で始めたのだ。

「鶴居さん、俺がいなくて寂しいんすね。すぐ帰ってくるんで、待っててください」

上からがっしり押さえつけるように落ちてきた大きな手が、私の頭を撫でる。

力が強いのよ！

その手を押し上げて外そうとするけれど、なかなか果たせない。

「や～め～な～さ～い～！」

「鶴居さんの髪、さらさらっすね～」

津田江くんは私の文句がまったく響いていない様子だ。

そのとき、がちゃんと音がして事務所のドアが開いた。そこに立っていたのは羽間さんだった。

私は津田江くんに髪を乱され、手を退けることもできないまま、彼の顔を見つめた。

6　自覚と戸惑い

羽間さんのきりっと美しい瞳が私と津田江くんをとらえている。私は津田江くんに頭をもしゃもしゃと撫でられ、それを外そうとしている格好だ。

はたからはどう見えるだろう。ふざけ合っているように見えただろうか。

考える間もなく、羽間さんが私と津田江くんの間に入っていた。津田江くんの手を外し、私を庇うように背に隠す。

「こら、いけませんよ。女性にべたべた馴れ馴れしくしては」

「すみませーん。鶴居さん、俺たちの出張が寂しいみたいだったんで」

津田江くんはまったく動じていないどころか、堂々とそんなことを言う。

寂しくないと否定すればいいのか、津田江くんはふざけていただけだと羽間さんに弁明すればいいのかわからない。

すると、羽間さんはくるんと私の方へ向き直った。

よれた前髪をさっと指でかき分けてくれる。そのさりげない接触に、火がついたように全身が熱くなった。

「二泊三日です。すぐに戻りますから」

そう言った羽間さんの極上の笑みは、恋人に向けるような甘い表情だった。

津田江くんにも見えていたはず。羽間さんの親しげな笑みも、私の赤く火照《ほて》った顔も。それを彼がどう思っているのか。

……というか、なんだか複雑すぎる三角関係ができていない？　ハイスペイケメンふたりと地味の極み・私という、変な構図で。

「ふたりとも、気をつけて行ってきてください」

精一杯そう言うと、ふたりは笑顔で頷いた。

間もなく彼らは出発していき、私はひとり日本で待つ身となったのだった。


羽間さんと津田江くんが海外出張。もやもやする理由はない。断じてない。

むしろ仕事なんだから、変な想像をしては駄目だ。

マンションに帰り着いてから、夕食になりそうな食べ物が家にないと気づいた。カップラーメンすらない。

何か買いに行こうか。でも、胸が重くて食欲が湧かない。

アイスクリームなら食べられるかな。いやいや、食事を考えなきゃ。

すると、スマホが振動し始めた。母親の名前が表示されていて、反射でため息が出る。

「もしもし」

一瞬悩んで、仕方なく出た。無視すればメッセージがくるし、それを返せばまた返信がくる。電話一回で終わらせた方が楽だ。

『芹香？　まったく、全然連絡がつかないんだから』

電話の向こうで母はすでにお小言の口調だ。

「いや、忙しくて。ごめん」

なんの言い訳にもならないだろうなと思いながら、一応言っておく。案の定、母は一方的に本題を切り出した。

『今度、時間を作って帰ってきなさい。色々、話したいことがあるのよ』

「結婚しろって話なら帰らないから」

先手を打って答えた。何しろ、ここ最近の話題といったらそればかり。親族が病気をして見舞いに帰ってこいなどの理由があればわかるが、そういった事情もない。

『あなたはどうしてそうなの？』

母はわざとらしく深いため息をついた。

『もう二十八でしょう。晩婚化といっても、いいお相手を見つけるならやっぱり二十代のうちがいいのよ』

「結婚に興味がないんだってば。ひとりが楽しいし」

『ひとりでいいわけないじゃない。お父さんとお母さんに何かあったとき、芹香がひとりぼっちになっちゃうのよ？　今はよくても年を取ったらその寂しさに気づくんだから。その頃には遅いの』

今だって故郷の両親とは隔たりがある。距離的にも精神的にも近い存在とはいえない。薄情な言い方はしたくないが、ひとりぼっちと同じだ。

そして、私はそれでいいと思っている。家族でも気が合わないなら時間を共有する必要はない。それが私なりに出した両親との建設的な関係の築き方だった。

『こっちでいい人を探してあげるから、戻ってくることを考えて婚活してみない？』

「福井には戻らないし、婚活もしない。相手を勝手に探すのはやめて」

『どうして！　高校までは素直ないい子だったのに。やっぱり東京に行かせたのがよくなかったのね』

東京の大学を目指せといったのは両親だ。文系なら弁護士、理系なら医者を目指しなさいと子どもの頃から私に言い続けた。自分たちの思い通りにならなかったから、今度は結婚させて近くにいさせようとしている。それはあまりに勝手ではなかろうか。

『第一志望に受からなかった時点で上京はやめさせるべきだったわ。法学部を出て普通の会社員じゃ、地元の大学だって充分だったのに』

いつもの愚痴ルーティーンが始まったので、私はスマホから耳を離し、向き合う格好で大きな声を出した。

「もう、切るよー」

『今後について話をしたいから、どこかで時間を取りなさい』

母の声がまだ聞こえてきたが、聞こえないふりをして通話を終えた。

「私は話すこと、ないし」

つぶやいて、反抗期みたいだなと自分で思った。アラサーになった娘の人生に干渉してくる母はおかしいし、学生時代の私は両親の干渉を嫌だと思いながら覆す力がなかった。

歪んだ関係に戻る必要はないと実感したのは、上京してひとりで暮らす自由さを知ったからだ。

縁を切ろうとは思わない。ひとり娘としていずれ親の老後は責任を持てる範囲で面倒を見るつもりだ。

だからこそ、息苦しい干渉は撥《は》ねつけていいと思っている。

とはいえ、電話を終えたらくたびれてしまった。食欲がいっそうなくなり、私はごろんとベッドに転がった。

今頃飛行機はどのあたりだろう。スマホを手にフライトレーダーで確認してみる。

「羽間さん、大丈夫かなぁ」

今は羽間さんが気にかかる。

津田江くんにぐいぐいこられて勢いでベッドインなんてことになったらどうしよう。津田江くんには若さゆえの強引さがあり、そこが魅力でもある。

(並んでると絵になるんだよな。美形ふたり)

ふたりがBL展開になったら、喜ぶ女子は多そうだ。だけど、私は困る。

なんで困るのかはまだ言語化できないものの、どうしても嫌なのだ。

羽間さんの大きな手が他の誰かに触れるのが嫌。夕日の下の穏やかな表情を、誰かが知るのが嫌でたまらない。

(私はどうしたいんだろう)

夕焼けの中、こちらを振り向いた羽間さんの姿が頭から離れない。最初の夜に見つめ合った野性的な瞳とはまた違う静かな情熱があり、胸が苦しいほどだった。

羽間陽は私が思うよりずっと深く、私を見ているのかもしれない。

(帰ってきたら考えよう)

そう思って、私は束の間目を閉じた。


二日は瞬く間に過ぎた。今夜二十一時の便でふたりが帰ってくる。

ランチタイム、私は加納先輩と社員食堂にいる。今日は並んで座れたので日替わりランチを注文した。社食では人気のミックスフライ定食だ。

「今夜戻ってくるんでしょ。羽間先生と津田江くん」

加納先輩に尋ねられ、私はもぐもぐとフライを咀嚼《そしゃく》してから頷いた。

「はい、そうなんです」

「無事示談成立?」

「いや〜、駄目ですね」

総務部にも訴訟の情報は入っている。私は現時点で答えられる範囲でしか答えられないが、結果はノーだ。

羽間さんからの報告では、ホクホクシステム株式会社代表とは会えたものの、向こうの提示する和解金額があまりに足元を見ているため示談は不成立。その他にも、色々と誠意を感じない態度の数々だったそうだ。

「なんでも、代表の男性と現地の工場長がタイ語でまくしたて始めたそうで、向こうが用意するって言っていた弁護士も不在」

「あらら。それじゃ和解交渉にもならないじゃない」

「羽間さんが念のため現地の通訳を手配していたんで、話は通じたみたいですけど、結局その代表は日本人で、ごまかせないとわかったら日本語で和解金の減額をごね始めたそうですよ」

「うわ、ひどいね。それ」

加納先輩が笑って味噌汁《みそしる》をすする。

「しかも、その代表、話の途中でトイレって離席して逃げちゃったそうです」

「そんなことあるの!?」

味噌汁を噴き出さんばかりの加納先輩のツッコミに、私もう―んと唸るしかない。

現実に羽間さんと津田江くんが遭遇した事件である。

「証拠は押さえてありますし、負け戦とも思っていませんでしたけど、代表が雲隠れなので初回から欠席裁判になるかもしれないそうです」

「わざわざ、タイまで行って振り回されて可哀想」

加納先輩の言う通り、仕事とはいえ羽間さんと津田江くんの労力を思うと少々哀れだ。

訴訟はこれからだが、相手との意思疎通が不可能とわかっただけでも進展かもしれない。

「それにしても法務部新人の津田江くん、やっぱただ者じゃなかったねえ。いきなり羽間先生の片腕役を務めたわけでしょう」

私はお冷やを口にし、「片腕ってわけじゃ……」となんとなく否定的な言葉を差し挟む。

「いくら司法試験に合格してるからって、いきなり羽間さんの下につきたいなんて、神経が図太いですよ。悪い子じゃないですけど変わってます」

私の津田江くん評に、加納先輩が面白そうに笑う。

「鶴居は頭のいい変わり者に好かれるんだよね」

「好かれてないです」

「えー？　津田江くんが鶴居を狙ってるって社内で噂になってたよ。ちょくちょく一緒にいるし、仲良さそうにしてるし」

初耳だ。そしてそんな噂を聞いたら、猛烈に居心地が悪い。若手ホープに私がちょっかいを出したと思われていたらどうしよう。

「それはないですよ。だって……」

津田江くんが好きなのは羽間さん……なんて、他人の恋愛対象をカムアウトするわけにいかないので、控えめにごまかす言葉を探した。

「あんなに格好いい若い子ですよ。あり得ませんって」

「羽間先生も鶴居のこと気に入ってそうだったから、あのタイプにモテるんだなあって思ってたわ」

「羽間さんもそんなんじゃないです」

加納先輩も、あのふたりを似た系統の男子だと思っていたのか。クレバーイケメン変わり者タイプだもんなあ。なかなか鋭いというか、見る目があるというか。先輩、見る目がありすぎて、婚活がうまくいかないのかも。

それにしても加納先輩の目から見て、羽間さんの好意が私に向いていたとしたら恥ずかしい。もしかすると、羽間さんがわざとらしく好意を透けて見せていたのかもしれないけど。

「あ～私もモテたい。彼氏欲しい」

私の否定を聞いているのかいないのか、箸をトレーに放って、加納先輩が声をあげた。

その日、仕事を終え帰宅し、シャワーを浴びたところでスマホにメッセージが届いているのに気づいた。

羽間さんの名前の表示にどきんとする。

【これから会えますか？】

帰国後最初のメッセージがこれなのだろうか。仕事上のことは聞いているけれど、緊急に会わなければならない用件はないはず。

【会いたい】

続いて入ったメッセージに心臓が早鐘を打ちだした。これはやっぱり津田江くんと何かがあったとか？　放ってはおけない予感がする。

【会いに行きます】

ほぼ、反射でメッセージを返していた。時刻は二十一時過ぎ、おそらく彼は今しがた羽田《はねだ》に着いたところだろう。

返事したものの、これから会いに行ってどうするの？　そもそもどこへ行けばいいの？

スマホを持ったままおろおろとしている私に、次のメッセージが入る。

メッセージに記載されていたのは住所。これって……もしかして羽間さんのマンションじゃ……。

そう思いながら、行くと言った手前ここで引き下がるのもためらわれた。臆したとも思われたくない私は、髪を超特急で乾かし、服とメイクの準備を始めるのだった。


マンション前に到着して連絡すると、すぐに羽間さんがエントランスに出てきた。彼も帰り着いたばかりなのだろう。まだスーツ姿だ。

たった数日なのにものすごく久しぶりに感じた。会いたかったと言うと語弊があるけれど、私も彼の顔を見たかったのは間違いない。

「羽間さんのご自宅……」

「警戒しなくていいです。何かする元気はないので」

笑顔だが疲れている様子だ。仕事の内容は知っているので、疲労の蓄積はわかるけれど、やっぱり津田江くんと何かあったのだろうか。

しかし、部屋に入ってしまっていいの？　のこのこ会いに来ておいて、一度寝た相手に貞操観念を持ち出すのは違うとは思う。だけど、部屋に入るイコール同意と取られるわけには……。

立ち止まる私を羽間さんが振り返り、柔く微笑んだ。それはどこか諦観を感じる笑顔だった。

「これ、お土産です」

そう言ってショッパーバッグを手渡してくる。日本にもあるスキンケアブランドのもので、現地の限定品を買ってきてくれたようだ。

「やはり嫌ですよね。俺とふたりきりは」

「そ、そういうわけじゃ」

「わざわざ来てくださってありがとうございます。タクシーを呼びますので、ご自宅までお送りしますよ。今日は顔が見られてよかったです」

違う。そんなことを言わせたいんじゃない。狼狽しながら、私は言った。

「会いに来たのは私です。帰りません」

言いきってから、恥ずかしくて顔が熱くなってきた。羽間さんが面白そうにくすっと笑い、それから私の手を取った。

「会いに来てくれて嬉しいです」

どうしよう。自分でどんどん墓穴を掘っている気がする。

羽間さんの部屋は十階建てマンションの最上階に位置していた。単身者用の１ＤＫは、綺麗に整理整頓されている。というより、物が少ない。ミニマリストなのかとも思ったけれど、執着するものが少ないようにも思えた。

私を部屋に通すと、羽間さんは冷蔵庫を開けた。

「何か食べますか？　あるもので作りますよ」

「羽間さんがお腹が空いているなら、食べてください。私は夕食を済ませてますので」

嘘だったが、緊張でお腹は減っていなかった。こちらを振り向いた羽間さんはくたびれたように微笑む。

「俺もそんなに減っていないんですよ。コーヒーを淹《い》れましょうか」

「あの、おかまいなく」

そう言ってから、突っ立っていられずにキッチンへ足を踏み入れた。疲労の濃い羽間さんの横顔を見つめ、思わず口から言葉が漏れた。

「あの……津田江くんに何かされてないですか⁉」

どうしても聞かずにはいられなかった。異国の地でふたりきり。津田江くんは羽間さんが好き。何か起こらないとは言いきれない。

「何か、というのは」

「ええと」

言い淀《よど》む私の様子で意味合いがわかったようだ。羽間さんは挽《ひ》いたコーヒー豆をコーヒーメーカーにセットしながら笑った。

「されかけましたが、話し合いで貞操は守れました」

「よ、よかった～！」

大きなため息とともに胸をなで下ろしたものの、『されかけた』というワードに疑問符がばばばっと湧き起こる。

状況はよくわからないし未遂だったようだけれど、津田江洸平め、やっぱり手出ししようとしたな！　いい子にしていなさいと言ったのに！

複雑な表情になった私に、羽間さんが尋ねる。

「なんで芹香さんがホッとしてるんですか？」

「それは……あの、実は津田江くんの気持ちを聞いていたので……。彼は強引なタイプだし、羽間さんは好奇心旺盛なタイプだから……万が一ということもあるかと」

「俺が津田江くんと関係を持ったら芹香さんは困りますか？」

「こ、困らないですけど！　……ただ、無理やりとかだったら、まずいなって心配していて……」

コーヒーメーカーのスイッチを入れ、羽間さんが私に向き直った。腕がのびてきたと思ったらそのまま抱き寄せられた。

これほどぴったりとくっつくのはあの夜以来で、途端に心臓がおかしくなるほど鳴り響き始めた。落ち着け、落ち着け。というか、離れないといけないのに、羽間さんの腕の力が強くてびくともしない。

「羽間さん……！」

「相手が男性だろうが女性だろうが、好きな人がいるんですから、他の人と関係を持ちませんよ」

羽間さんのとびきり低い声が耳元で響く。その声だけで思い出の夜が過り、身体が震えてしまった。

「芹香さん、好きです。会いたかった」

「離してください」

「離したくない。あなたが会いに来てくれて、顔が見られて、部屋まで来てくれて……浮かれているんですよ、俺」

頬に触れられ、彼の顔を見た。細められた目にも愛をささやく唇にも、いとおしいという感情が溢れている。

この人は、私のことが好きなのだ。それだけははっきり伝わってくる。

「あの晩のことを何度も思い出しているのは、俺だけ？」

敬語がほどけ、彼の口調が思い出と同じように変化する。

「芹香さんの肌の香り、唇の感触、全部全部大事に思い出してる」

「羽間さん……！」

「あなたも思い出してくれてるはずだ」

そう言って耳朶にキスされた。

ああ、否定できない。私だって、忘れられないでいる。

遊びだと割り切って関係を持った。彼からどれほど好意を示されても、釣り合うはずもない人にからかわれているのだと自分に言い聞かせ、距離を保ってきた。

そのくせ、ずっと彼に囚われている。

触れられた記憶だけがそうさせるのではない。

彼の細やかな愛情に触れるたび、胸が高鳴り、視線がそらせなくなる。羽間陽のすべてが私をひきつけてやまないのだ。

「俺は期待していい？　あなたに好かれる可能性がまだ残ってる？」

「期待、しちゃ駄目です！」

私は残る理性を総動員して、彼の身体をぐいと押し返した。流されたい自分が確かにいた。

私の気持ちは確実に変化し始めている。

そして、羽間さんがある程度本気で私に好意を持っているのもわかる。

（だけど、うまくいきっこない）

相手はすべてが超一流の弁護士。私はただの会社員。頭の出来も、育ちも違う。彼が一時の気まぐれで好意を寄せてくれたって、きっとすぐに飽きる。私には津田江くんのような能力もウィットもない。格別美人でもない。

両親が私を諦めたように、きっと羽間さんだって私に見切りをつける。こんなものだったかと手を離す。そのとき、彼の残念そうな顔を見るのは嫌だ。

「調子に乗りました」

羽間さんが静かに言い、私から身体を離した。抱擁が終わる瞬間、惜しいと思ってしまった私は馬鹿だ。

「あなたが家に来てくれただけで喜ぶべきだったのに、下心を出した俺が悪いです。

まだまだメンタルが子どもですね」

「そんなに卑下しなくても……」

寂しそうな様子をごまかしている彼に胸が痛んだ。だけど、私なんかに本気になってもいいことはない。

「くたびれた俺にご褒美をくれる気はありますか？」

不意に言われ、私は首をひねった。

「ご褒美？」

「何もしないので一緒に寝てください。隣にいてほしい」

そんな願いを聞いてしまっていいのだろうか。しかし、好意を拒否してしまった後ろめたさがあった。

「本当に何もしないなら……いいです」

そう答えた私の気持ちは、もしかしたら彼にバレているのかもしれない。

シャワーは浴びてきたけれど、寝る服はない。羽間さんが部屋着にと半袖Tシャツとスウェットパンツを出してきた。高身長の彼のものなので、着てみるとやはりオーバーサイズ。

スウェットの裾を折っている私を見て、羽間さんがため息をついた。

「な、なんですか」

「芹香さんが俺の服を着ている……」

「ええ、お借りしたので」

「これはクるものがありますね」

「変な言い回ししないでください！」

しみじみ噛みしめないでほしい。というか、今更だけれど、洗剤の香りの奥に羽間さんの香りを感じた。

（とんでもないことをしている気がする）

戸惑いながらコーヒーを飲んでいるうち、羽間さんもシャワーを浴びてきた。

ラフな部屋着姿は初めて見た。髪の毛を下ろしているところは、あの晩以来。

ああ、心臓がおかしくなりそう。寿命がどんどんすり減っている気がしてきた。

「芹香さんが俺の部屋にいるなんて夢みたいです。寝るのがもったいないな」

「寝てください。お疲れでしょう！」

「そうですね。明日、あなたを家まで送らなければならないし」

「ひとりで帰れます。仕事にも間に合います」

私ばかりが焦って、羽間さんはずっとくすくす笑っていた。悔しい。余裕がある。

羽間さんの寝室に入るときはことさら緊張した。セミダブルのベッドに洗い立てのシーツをかけて、クッションを枕代わりに渡してくれた。

そっと膝をつくと、羽間さんも反対側から腰を下ろした。おどおどしながら、身体を横たえる。羽間さんの香りに包まれているし、羽間さん本人がすぐそこにいる。

夏用の薄い羽毛布団を私にかけてくれ、彼自身は綿毛布で眠るようだ。エアコンを稼働させないと眠れない温度だけれど、寝冷えしないだろうか。

だけど、こっちの布団もかけませんかなんて言ったらもっと近づくことになってしまう。

見慣れぬ天井を仰いでぐるぐる言葉を考えていると、羽間さんが言った。

「そんなに緊張しないで。本当に何もしませんから」

「緊張してるように見えますか？」

「見えますね」

なんでもお見通しなのだから、私ってそんなにわかりやすいだろうか。頭まですっぽりと羽毛布団の中に隠した。早く寝てしまおう。

すると彼がシーツを滑らせるように手をのばしてきた。どきりとしたが、私の手に触れて、その手は止まった。

「手を繋ぎませんか？」

「手……」

「安心するので」

そのくらいのことでよければ、と私はきゅっと手を握り返した。羽間さんは大きな手で私の手をぐにぐにと握り、感触を確かめるようにしてから満足そうに息をついた。

「芹香さんと同じ時間を過ごせる。俺は幸せです」

そうつぶやく羽間さんの声は、ひとり言のように頼りない。しばらく私も彼も無言だった。心臓ばかりがバクバクと音を立てていて、彼に聞こえてしまうのではないかと思うくらい。

やがて、静かな寝息が聞こえ始めた。繋いでいた手の力も緩んでいるので、そうっと外し、身体を起こして彼を見やると、羽間さんはすっかり眠りについていた。

綺麗な顔立ちは眠っていてもとびきり美しい。というかこちらを見てこない分、まじまじと観察ができる。

本当に整っている。いや、整っているだけなら、こんなに胸が苦しくならない。

会いたいと言われて会いに来てしまった。懇願され、添い寝までしている。ハグされて、手を繋いで、嬉しかった自分がいる。

好きな人以外と関係を持たないと言われ、胸がときめいた私がいる。

「どうしよう……」

肩に綿毛布をかけ直し、あどけなく見える隙だらけの寝顔を見下ろした。胸が苦しい。

「羽間さん、どうして私なんですか？」

こんな顔、羽間さんには見せられない。

閑話休題③　羽間陽は押し倒されるのは趣味ではない

代理人として訴訟相手と和解交渉のために海外へ。

そうそうあることではないものの、クライアントの要望なので仕方なくタイに赴いたわけだが、結果はなかなか最悪だった。

まず、訴訟相手であるホクホクシステム株式会社の代表はタイ語しか解さない男性。一緒にいる現地の工場長もタイ人だ。同席すると聞いていた弁護士はおらず、彼らはタイ語でぺらぺらと喋りだした。

まあ、そういうこともあろうかと通訳を手配していたのだが。

通訳経由で返答したところ、代表という男性が狼狽した様子になり違う言語でひそひそ話を始める。どうやら一部で使われている南タイ語のようだが、それも通訳に対応してもらった。

これらのやりとりを経て、ようやく代表の男性が日本語で語り始めた。そうだろうとは思っていたが、この男が登記にもあった会社代表の日本人。

どうやら、タイ語でまくしたてて煙に巻こうと思っていたらしい。あまりに浅はかだが、思いもかけぬことをしてくる人間はこの仕事をしているとよく会うものだ。

内容は和解金の減額交渉である。とても払えないと文句を言い、知らなかったのだから仕方ないと逆ギレである。ホームページの文言などを丸々流用しておいて、知らなかったとは面白い話だが、これらの話は裁判ですべきことである。

雲間工業とユーザーであるメーカーの考えは、類似の侵害が起こらないように厳しい対応をするというもの。和解に合意できないなら、訴訟しかないという話を丁寧にしている最中に、この代表が離席した。

そして、そのまま逃げたのである。残されたタイ人の工場長が電話で怒り狂っていたが、代表が戻ってくることはなかった。タイの住居にもおらず、日本の住居は引き払われた後だそうだ。会社の窓口を務めていた社員も日本で困惑している様子だった。

まあ、俺は仕事を遂行するだけなので、きっちり訴訟の準備を整えて第一回の期日に裁判所に赴くだけである。相手が欠席すれば、こちらは大幅に有利。勝訴までも早いだろう。

……と、そんな疲労満載の予定を終え、今後の方針を雲間工業法務部と簡単にやりとりすると二日目は終わりだった。

昨日は到着してホテルにチェックインすると一日が終了だった。明日は夕方しか便が取れなかったので、日中は今回の協力を頼んだ十河先生の知人の会社に挨拶に行き、同行の津田江くんを労おう。お土産を買う時間もある。

芹香さんにお土産を買うと言ったものの、何をあげたらいいのか悩ましい。普通にお菓子がいいだろうか。お茶などなら困らないだろうか。日本で馴染みのあるるショップのバンコク限定品などがいいかもしれない。

月並みなものしか浮かばず、部屋でスマホの時刻を見る。バンコクと東京の時差は二時間、Ｗｉ－Ｆｉがあるのでメッセージを送ってみようか。

いや、お土産のリクエストを聞くなんて格好がつかない。そもそも芹香さんは『いらない』と言い張っていたのだ。

「羽間せんせ～、シャワーお先でしたぁ。空いたんでどうぞ～」

明るい声が聞こえ、Ｔシャツにハーフパンツ姿の津田江くんが出てきた。どこからどう見ても今風の若者である。

顔がよくて、性格が軽い。しかし、キャラクターの裏には聡明《そうめい》な顔が垣間見える青年だ。嫌いではないが、芹香さんに近すぎるのが問題である。

「羽間先生、風呂入んないんすか？」

「ああ、もう少ししたら」

「そっかー、じゃあ先に」

津田江くんの身長はおそらく俺と同じくらいだ。百八十七センチ前後。体重は彼の方が少し重いかもしれない。その彼が俺の腕をつかんだ。

顔を上げる。思いのほか強い力だと感じる間に、そのまま後ろにぐいっと押された。ベッドが間近にあったため、腰を下ろす格好になったのだが、津田江くんがベッドに膝をつき、まるで覆いかぶさるように俺を見下ろしてくるのだ。

「津田江くん……」

肩を押され、ベッドに仰向けに転がった。

おっと、これは押し倒されているな。

妙に冷静に見上げると、真上から彼が俺を見ていた。

「どういう状況ですか？」

尋ねると、津田江くんは整った顔をへらっと笑顔に変えた。

「せっかくふたりきりなんでチャンスかなーって」

笑顔はいつも通りだが、目が笑っていない。そうか、本気なのかと妙に納得する。

親愛だと思ってきた彼の好意は、恋愛感情を含んでいたようだ。

「俺の気持ち、今まで気づかなかったんですか？　結構にぶいなあ」

「きみは芹香さんが好きなんだと思っていましたよ」

「鶴居さんは好きっすよ。付き合えるなら大歓迎！　でも、好みのタイプは羽間先生なんですよね。男同士は経験ないですか？　一回試してみません？」

あっけらかんと言われる。しかし、言葉の後半のトーンは本気だ。俺をそういった意味で誘おうとしている。

なかなか可愛いことをしてくれるなと思いながら、俺は彼の肩を押し返した。退く気はないようなので瞬時に右膝を折りたたみ、彼の腹を押し上げた。

津田江くんは防御が間に合わず「ぐふっ」と苦しそうな息をつく。隙ありとばかりに身体をひっくり返し、反対にうつ伏せの格好でベッドに押しつけ返した。

「あはは、先生強引～。なんかやってました？」

津田江くんは制圧された格好でも余裕そうだ。

「護身術を少しね。家庭の方針で」

「格好いいっすね。でも、俺、押し倒すのは好きなんですけど押し倒されるのはちょっと」

「奇遇だね。俺もだよ」

そう言って彼の上から退く。津田江くんは俺が押さえた肩をぐるぐる回し、「俺、本気だったんだけどなあ」と笑っている。

「それは伝わった」

「あ、敬語じゃなくなってる」

「今だけね。堂々と誘ってくる胆力は好感が持てたよ」

「じゃあ、セックスします？」

「しない。ごめんね、好きな子がいるんだ」

素直に答えると、津田江くんがにやりと口の端を引き上げた。

「好きな子って鶴居さんでしょ。羽間先生、わかりやすすぎ」

「きみへの牽制と彼女へのアピールだから、わかりやすくていいんだよ」

椅子に腰かけ、ミネラルウォーターのペットボトルを開ける。ベッドに胡坐《あぐら》をかいた津田江くんが楽しそうに笑った。

「先生の気持ちわかりますよ。鶴居さんって惹かれるものがあるんですよね。真面目なのにな〜んかこじれてるっていうか。自己評価すごく低いの」

ぴくっと眉を動かしてしまったのに彼は気づいただろうか。

「自分に自信がないからか、何事にも真剣で全力でしょ。頼りにされて評価されてんのに、気づかないし満足しない。好意を向けても同じ。……先生や俺みたいに、人生イージーモードの人間にとって、ああいう子って妙に眩しく見えますよね」

「きみほど、人生簡単だと思ってないよ」

論点をずらした回答になったのは、想像以上に津田江くんが彼女をよく見ていると思ったからだ。津田江くんは俺の思惑も見越した様子で、へらへら軽く笑う。

「またまたぁ。羽間先生、壁に当たらずに大人になってるでしょ。挫折を知らないのがコンプレックス。周りは馬鹿ばっかりで、生きるのも金稼ぐのも簡単で、毎日がちょっと退屈。違います？」

概ね合っているが、それは過去の俺だ。それにしたって、言い当てられるのも面白くないので笑顔を作った。

「それはきみだろ、津田江くん」

「まあ、そっすね。でも、羽間先生も同じ人種だと思ってた」

「買いかぶりすぎだよ。それに、俺が芹香さんを好きになったのは単純に可愛いなって思ったからだよ。所謂《いわゆる》ひと目惚《ぼ》れ。純粋なもんだろう？」

俺の返答に、津田江くんはにやにやしながら頷いた。

「ふーん。じゃあそういうことにしておきます。俺は、先生と鶴居さんがくっつくの応援しますよ」

いきなり手のひらを返したような宣言に面食らう。今さっき俺を押し倒して告白してきたのは彼なのだが。

「その代わり、鶴居さんに振られたら俺とのことを真剣に考えてください」

「それは、きみになんのメリットがあるんだい？」

「好きなふたりがくっついたら嬉しい。それだけです。まあ、本音を言えば、一回くらい三人でセックスを楽しみたいですけど」

それは御免被りたいのだが。自分が彼とどうこうなることより、俺以外の男が芹香さんに触れるのが地雷すぎる。

「絶対、嫌だね」

「安心してくださいよ！　俺、うまいんで。ふたりとも満足させられます！」

「そういう話じゃないんだけどな」

明るく言われても、拒否は拒否だ。

しかし、抜け目のない津田江くんを味方に引き入れられたのは大きい。目下、一番芹香さんに近く、ライバルになり得るのは彼だけだ。

三人プレイは断固拒否の姿勢を取りつつ、いい距離で応援をお願いしておこう。

そう思いながら、シャワーに向かうのだった。

帰りのフライトはビジネスクラスが取れたため、俺や津田江くんのような高身長の人間には多少楽な旅となった。

津田江くんは映画を観ているうちに眠ってしまい、俺もその横で目を閉じた。

『羽間先生、壁に当たらずに大人になってるでしょ。挫折を知らないのがコンプレックス。周りは馬鹿ばっかりで、生きるのも金稼ぐのも簡単で、毎日がちょっと退屈』

津田江くんが言った俺の人物評が思い浮かぶ。

本当に憎たらしいほどよく見ている青年だ。彼もまた、そう感じながら生きてきたせいなのだろうが。

彼の言う通り、俺の人生は長らくイージーモードだった。それぞれ会社を経営する両親、聡明な兄と明朗な弟。俺自身、幼い頃から出来のいい子どもだった。

やってみなさいと渡される課題はどれも簡単だったし、勉強も運動も人よりできた。自分の顔立ちが整っていることも自覚できたので、どこまでも容姿を利用して愛される状況を作って立ち回った。

しかし、やがてそれらにも飽きた。周囲は自分の思い通りに動いたし、目の前のタスクで困難なものはない。チャレンジすればある程度の成果が得られ、情熱を持って一番を目指したいものは見つからない。

ああ、自分はこうして大人になり、年を取っていくのだ。それは周囲からは成功者と羨まれ、心身ともに安定した人生だろう。しかし、味のしない食事のような砂色の未来だった。十代半ばにして俺は自身の運命を達観した。

親の希望通りの大学に進み、大学三年時に予備試験、四年時には司法試験に合格した。司法修習生を経て、有名な大手法律事務所に入ることもほぼ内定。

すべてが想定内。順調そのもの。

そんな大学四年の夏、大学のキャンパスで出会ったのが鶴居芹香だった。


『頼むよ、この通り。一日だけだから！』

友人に頭を下げられたのは、オープンキャンパスの学内アルバイトを代わってほしいという内容だった。高校生向けのキャンパスツアーや進路相談をするのだが、友人は彼女との旅行の日程がかぶってしまったというのだ。

『バイト申し込む前に考えろよ。もしくは旅行ずらせ』

『彼女の休みがそこだけなんだよ〜。あとはずっと実習だって。羽間、頼むよ〜。余裕ある夏なのはおまえくらいなんだって』

余裕があるといっても、司法試験の正式な合格発表は十一月だ。他に暇な人間は絶対にいるだろうし、俺はそんな面倒事は御免だ。適当に学生生活を楽しんでいる身としては、未来ある高校生をアテンドできるほど母校愛がある方でもない。

『彼女の女友達、紹介するから……って羽間にはいらないか。釣り合う子いないから、片っ端から振ってるもんな』

『失礼だな。恋愛に興味がないだけだって』

正確に言えば、学内で相手を見つけると面倒事が多いから拒否しているのだ。さらに、俺に恋愛感情を抱く女の子は敬遠している。

恋愛に興味がないのは事実だった。可愛くて気の利く女の子はいくらでもいるが、一緒にいるうちにつまらなくなってしまう。それなら恋愛自体はコストがかかる無駄なものだ。

だから、恋人のために全部を優先させてしまう友人の気持ちが、俺には一切理解できなかった。

『わかった。今度、焼肉奢って』

『え、いいのか？　焼肉でいいの？』

『そこそこンところだぞ。食べ放題はなしな』

『わかった！　ありがとうな、羽間！』

国内私学でトップクラスの母校には、幼稚舎から通うボンボンも多くいる。この友人もまたそういった人間なので、高級焼肉一回程度、痛くもかゆくもないだろう。俺としても焼肉を奢られたかったわけじゃない。気の置けない関係なら貸し借りも必要。面倒だが、友情維持の一環だ。

そんなわけで友人の代わりに学内アルバイトを引き受けた。俺の持ち場は、進路相談だった。やってくる高校生やその保護者に、受験勉強のアドバイスや学校生活の話をする役だ。

（俺でいいのか？）

そう思ったのは、当時の俺は見事な金髪で、ピアスホールも三つほど開いていた。軽い雰囲気を演出しておいた方が人間関係が円滑なのでそうしていた。まあ、華やかな校風もあってか、俺以上に派手な頭髪や服装のメンバーもバイトに参加していたので、よしと思うことにした。

ともかくバイトは順調だった。オープンキャンパスにやってきた高校生を相手に適度に楽しく会話を盛り上げ、受験への不安を拭ってやったし、保護者は俺が司法試験の短答式試験に合格しているというだけですっかり信頼しきって話を聞いてくれた。

むしろ、この学校に入れたいという意識が高まったのではなかろうか。

(我ながらいい仕事をしてるな)

オープンキャンパスも終わりという時刻、撤収の準備を始めようかというホールに
セーラー服姿の女子がひとり入ってきた。

(あー、もう終わりなのに)

そう思っていたが、受付担当が勝手に受け入れてしまった。

『羽間くーん、お願いできるー?』

いやいや、なんで俺にお鉢が回ってくるんだよ。受けたなら自分でやれよ、と思いつつ、人当たりのいい人間を演じている俺は、『いいよ』と笑顔で引き受けるしかない。

彼女はやってきた俺を見上げ、わかりやすくたじろいだ様子だった。それはそうだろう。百八十七センチの金髪男がぬらっと現れたわけだから。

『こんにちは。この会場はそろそろ撤収だから、カフェで話そうか』

明るく親しみやすい口調を作って声をかけると、彼女はハッとした顔になり、それから生真面目に頭を下げた。

『鶴居芹香といいます。ギリギリの時間になってしまい申し訳ありません』

『大丈夫、大丈夫。電車遅れちゃった？』

『電車が遅れて、新幹線の乗り継ぎに間に合わなくて……』

なるほど、地方からオープンキャンパス目当てで上京してきた子か。電車遅延で予定が狂い、本人も焦っただろう。

ろくに大学内を回れなくて可哀想でもある。キャンパスツアーの受付もとっくに終わってしまった。

俺は少し考えて、受付担当に彼女に構内を案内してやってもいいかと許可を取った。高校生を勝手に連れ回すのはまずい。

『行こうか。見てみたいところ、ある？』

『法学部志望なので、関係がある棟を見たいです。あとは講堂と、図書館と……学食も見たいです』

素直に目を輝かせて言う彼女。セーラー服にひとつ結びの髪。メイクなどしたこともないような日に焼けた素肌。素朴な顔立ちだけど、二重の目は綺麗で印象的だ。

(可愛いお嬢さんって感じだな)

田舎《いなか》からオープンキャンパスのためにひとりでやってきたお嬢さん。夢と希望に溢れた無垢《むく》な目をしている。

『俺、法学部だから案内できるよ。進路相談は学食のカフェでやろうね』

『お兄さん、法学部生なんですか？』

『うん、四年だからきみが入る頃にはもういないけど』

『私、今高二なので……絶対会えないですね』

ちょっと残念そうにうつむく彼女。そんな可愛い顔でそういうことを言うと期待する男もいそうだけど、と思いつついちいち忠告はしない。

『高校二年生なんだー。じゃあ、来年のオープンキャンパスもおいでよ。今日はもう終わりの時間だけど、正式なキャンパスツアーもやってるんだ。学部グッズプレゼントとかね』

『あ。来年は受験生の夏になるから、……だからオープンキャンパスは二年のうちに行っておけって、……母が』

言いづらそうに言う彼女。なるほど、母親が教育ママタイプか。まあ、この偏差値の大学に入れたいという親は、我が子の出来がよほどいいか、親自身の強い希望があるかのどちらかだ。

『そっか。それじゃあ、今日は見たいところ全部回ろう。帰りの新幹線は大丈夫？』

『はい。大丈夫です。家が福井県なので、東海道《とうかいどう》新幹線で米原《まいばら》経由で帰る予定です』

『長旅だね。せっかく来たんだから、しっかり大学を体験して帰ってもらわなきゃ。行こう』

彼女を連れて大学構内を歩き回った。大きな大学なので、回るのも時間がかかる。バイトなど面倒事だと思っていた俺は、気まぐれ心から初々しい女子高生に夢を見せてやりたくなっていた。大学はいいところだ。キャンパスライフは楽しい。受験を乗り越えたら、バラ色の日々が待っている。……そんな自分では思ってもいないことを、彼女に感じさせたかった。

実際、彼女は俺の説明を興味深く聞き、無邪気に質問をし、俺の案内を心から楽しんでいるように見えた。姉妹がいないため、俺自身も年下の女の子の純粋な反応を新鮮に感じた。

案内しながら、彼女は俺の質問に答える形でぽつりぽつりと自分のことを語ってくれた。

この大学に行きなさいと言っているのは両親であること。法学部も両親の意向。自分でもそれでいいと思っているけれど、志がないような気もしていること。

『鶴居さんは、お父さんお母さんの期待に応えたいって思ってるんでしょ。それって悪いことじゃないいんじゃない?』

『期待に応えたい……そう思っているのかも実はわからないんです』

青葉の下、少し傾いた日差しに髪を艶めかせ、彼女は俺を見上げた。構内を見て回り、カフェを目指して歩きながら。

『もしかして自分がないのかも』

『そうなの？』

多感な時期だ。親の支配下で思い悩むこともあるだろう。

話を聞いてやって、なるべくいいお兄さんとして彼女の思い出に残ろう。それは下心というより、退屈しのぎのひとつだった。

人生に大きな目標もない俺にとって、誰かの人生に作用するのはささやかな遊びのようなもの。どうせ、もう会うこともない女の子だ。優しい言葉をかけて、励まして送り出そう。

さて、どんな言葉が彼女の心に響くだろう。

そう考えながら、口を開きかけたときだ。彼女が俺を見上げ尋ねた。

『お兄さんは大学生活が楽しいですか？』

『え、もちろん。毎日、すごく楽しいよ！』

俺は心にもないことを笑顔で言える人間だ。この瞬間も未来ある女子高生の希望の一助になるようにそう言った。

しかし、そもそも人生を楽しんでいない俺に語れる展望など、本当のところはないのだ。

そう思った瞬間、ふっと自分の表情が自嘲に歪むのを感じた。

『たぶん、……楽しい、かな』

無垢な女の子の前であからさまな嘘をついた罪悪感が、俺の心に隙を作ったのだろう。具体的な『楽しいこと』を語るはずが、次の言葉が出てこなかった。

すると、鶴居芹香が表情を緩めた。それは、今までの無邪気な少女の顔ではなく、どこか大人びた笑みだった。

『お兄さん、やっと普通に笑ってくれた……』

『え?』

尋ね返すと言い訳みたいに顔の前で手を振る彼女。

『変なことを言ってごめんなさい。私が時間外に来たから、すごく気を遣わせちゃってるなあって思ってたので』

今日一日……いや、今までも明るく振る舞う俺を『ふり』だと思う人間はいなかった。誰も俺のうわべの笑顔を見抜かなかった。

揺らいで隙を見せたのは俺の自爆だけれど、ずいぶん年下の少女に指摘されるとは思わなかった。それは少なからず俺の心に衝撃を与えた。

『私は大学進学に、……上京に夢を抱いてるんです』

そう言った鶴居芹香の横顔には、凛《りん》とした決意があった。

『大学生になるのは、私にとって反逆の始まりなのかなって』

『反逆……』

彼女は自分の言葉の強さに焦ったような顔になり、再び俺を見上げた。

『あ、そんなだいそれた意味はなくて……。ただ、親の言う通りに生きている自覚があるので……大学に入ったら自分で考えて自分で行動したいなって。自分の人生だから』

なんとなく俺は胸を押さえていた。

自分の人生だから。そのひと言にぎくりとしたのだ。

先ほどからの俺の内心には気づきもせずに、彼女は目を輝かせて続けた。

『私、楽しいことが好きなんです。自分の人生を、自分で楽しくしたい。自分の道を自分で決めて歩きたい。そのためならなんでもできそうだなって思うし、早く大人になりたいって思います』

眩しいほどの笑顔に、言葉が出なかった。

俺より五つも年下の女の子に、俺が一番望んでいる言葉を言い当てられるとは思わなかった。

俺もそうだ。自分の人生を楽しくしたい。希望を持ちたいし、努力して得られる何かが欲しい。

だけど、俺は具体的に何ひとつしてこなかった。できるものだけを数えて、つまらないと投げ出していた。人生悟った顔をして、斜に構えて、この道が誰の道であるかも忘れていた。

『鶴居さん、すごいね』

『え！　何がですか？』

『俺も見習いたいって思ったよ』

能力に胡坐をかいて、周囲を見下して、残念な人生にしているのは俺自身。真摯に自分の人生を生きたいと願う彼女の光に、目が覚めたようだ。

『ありがとうね』

『え？　いえ、私は何も』

『さーて、受験に向けてアドバイスしよっか。アイスカフェラテ奢ってあげる』

『いえ！　自分の分は自分で払います！』

高校二年生の鶴居芹香と会ったのはその一度だけ。

俺は卒業し、母校に関わることもなかったので彼女のその後は知らない。彼女のことは頭の片隅にあったし、卒業後一度捜しに来てみたが、彼女と思しき新入生はいなかった。

それでいいのだと納得させた。俺にとってはいい思い出のひとつ。彼女とのひと時のおかげで、俺は多少なりとも変わったのだ。

あれから、すべてにおいてまず全力を注いでみる癖をつけた。人を愛嬌《あいきょう》でコントロールするのではなく、能力で黙らせ、納得させるよう努めた。自分の人生を捨てたものではないと思わせるには、懸命に生きることだ。それをひとりの女の子から学び、その通りに実行した。

趣味も周囲に合わせるのではなく、自分のやりたいことにした。料理などはその最たるもので、やってみればなかなか難しかった。簡単だと思っていたことができないというのは面白かった。それを繰り返し、趣味を増やした。

就職先は大手弁護士事務所から、両親の会社が世話になっていた十河法律事務所に変えた。華々しい仕事は減るかもしれないが、企業法務に強く、銀座界隈《かいわい》の地元密着の法律事務所だ。名前だけで依頼人が来る大手より、忙しくとも密な仕事をしたいと思った。

案の定、十河法律事務所に入ってからは忙しい毎日となった。一番若手の俺は、庶務雑務、パラリーガル的仕事をこなし、さらに面倒な仕事はすべて請け負い、自分を磨いた。

かつての俺なら、こんな泥臭い仕事ぶりは嫌がっただろう。だけど、今は違う。自分の人生を退屈だと感じる暇もなくすために、全力を尽くすのだ。

そんな日々が続き、今から約一年半前。十河先生から引き継いだ顧問先の企業で思わぬ再会をした。

『羽間先生の担当窓口は鶴居が務めます。よろしくお願いします』

山野部長に紹介され、頭を下げた彼女を見て、俺は息を詰めた。ミディアムレングスの髪、素朴だけれど可愛い顔立ち。印象的な瞳。あの夏の日に俺を変えた思い出が目の前にいた。

『鶴居芹香と申します。よろしくお願いします』

声とフルネームを聞いて間違いないと思った。彼女だ。

『羽間陽です。よろしくお願いします』

彼女は俺を覚えていない。当たり前だ。たった一日、大学を案内しただけの学生を覚えているはずもない。それにあのときの俺は派手な金髪で、今とはまったく印象が違う。

それでも視線が絡んだ彼女に対して思った。

(久しぶり。鶴居さん)

きみが変えた男がここにいる。きみとこれから一緒に仕事をしていく仲間として。

身震いするほど嬉しく思ったあのとき、俺の恋は始まったのだろう。

7　感謝の気持ちではなく

夏の日の出は早い。空が白みだし、カーテンの隙間が明るくなってきた頃に私は身体を起こした。眠れなかったわけではないけれど、ぐっすりとはいかなかった。

そっとベッドから足を下ろすと、後ろから呼ばれた。

「芹香さん」

振り向くと、まだ身を横たえた格好で羽間さんが私を見ている。薄く開いた目はたった今覚醒したばかりだとわかった。

「起こしてしまってごめんなさい。もう少しで始発が動くので家に帰ります」

「朝ごはんを……作ろうかと思っていました」

「お気持ちだけいただきます」

羽間さんが身体を起こす。髪の毛をかき上げる仕草に胸がどきんとした。格好いいと素直に思ってしまったからだ。

「俺、結構料理が得意なんですよ」

「なんでも器用にできそうですもんね」

「そんなことないです。料理は、それなりに練習しました」

そう言って微笑む彼はいつもの羽間陽ではない。寝起きの油断といえばいいだろうか。気を許した姿を私に見せてくれているのがわかる。

「着替えてきます。お借りした服、洗ってお返ししますね」

「そのままでいいですよ。芹香さんの残り香を楽しめるので」

「気持ち悪いですよ」

軽口をたたき合って、洗面所で着替えた。出てくると、カーテンが開かれ朝の光が室内を満たしている。

「芹香さん、ゆうべはありがとうございました」

羽間さんは窓辺に立って、あらためて私に礼を言う。

「いえ、隣で寝ただけなので」

そう答えて、他のことを期待していたなどと取られては困ると思った。しかし、羽間さんは笑顔で仕事の話を始める。

「今回のホクホクシステム株式会社の件は、今日、山野部長との打ち合わせにお伺いします。こちらが求めるものが取れるかは別ですが、八割方こちらの勝ちです」

「ありがとうございます。さすが、羽間さん」

「逃げ回るという悪手を向こうが取っているだけですよ」

玄関に私を送りながら、彼は続ける。

「津田江くんはもう少し借ります。別件で、俺に国選弁護人が回ってきました。しばらくはそちらも進めなければならないので、なかなか御社に伺えませんが、メールや電話は極力早く返せるようにしますので」

当たり前だけれど、彼は他の仕事も多く抱えている。雲間工業の仕事だけをしているわけじゃない。そして、しばらく会えなくなるから、昨夜彼は私に会いたいと言ったのだと知った。

「芹香さん、暑い日が続きますので、気をつけて」

「はい。羽間さんも」

頭を下げて、彼のマンションを出た。眩しい朝日。すでに気温は二十五度以上ある。今日も暑くなるだろう。

地下鉄の駅に向かう私の心臓はとくとくと鳴り響いていた。激しい音ではないけれど、弾んだ音。

振り返って彼のマンションを見上げたいと思ったけれど、実際にはしなかった。後ろ髪を引かれるというのはこんな感覚なのかなと思った。

訴訟の件が落ち着き、季節は夏真っ盛りの八月になっていた。

忙しくなると言っていた羽間さんとはしばらく顔を合わせていない。津田江くんは法務部に戻ってきたが、彼いわく『羽間先生、裁判所と拘置所と事務所を行ったり来たりで大変そうでした』とのこと。

国選弁護人を引き受けたということは、刑事事件だ。民事を多く取り扱う弁護士でも、事務所に回ってきたら受けざるを得ない。さらに、十河法律事務所では羽間さんが一番若手なのだから、そういった仕事は率先して受けるだろう。

メッセージのやりとりもないのは、こちらから連絡しないから。今までだって、用事があるときしか連絡は取り合っていなかった。ただ、七月のタイからの帰国時に【会いたい】と言われたことが頭にあって、ついスマホを気にする癖がついてしまった。

会いたいと言われたら、私はまたのこのこ会いに行くのだろうか。

私と羽間さんの関係ってなんだろう。

仕事相手。たった一度寝ただけの他人。友人。知人。

恋人……ではない。

ただ彼は私が好きで、愛を伝えてくれている。私は？　私の気持ちはどうなの？

いや、考えるのはよそう。しばらく距離が近すぎた。彼と会わない期間があるなら、頭を冷やすいい機会だ。

お盆休みの半ば、私は加納先輩とランチをしていた。

「じゃあ、鶴居はお盆も帰省しなかったんだね」

「はい。新幹線は混むし、実家はあんまり居心地よくないですしね」

私はパスタをくるくるフォークに巻きつけながら答える。そう言う加納先輩は昨日、千葉県の実家に顔を出してきたそうだ。

「まだお見合い攻撃続いてるの？」

「まあ、そうですねえ。仕事を辞めて地元に帰ってこい、地元で結婚しろ……これを繰り返されてると疲れちゃいますよ」

苦笑いの私に加納先輩は同情しきりといった表情を見せる。

「確かにそりゃ居心地はよくないわ。私も、甥《おい》っ子《こ》姪《めい》っ子《こ》にお小遣いあげてさっさと帰ってきちゃった」

「加納先輩もご実家で何か言われるんですか？」

「姉が孫の顔を見せてるから親は私に何も言わないんだけどね～。無邪気な甥っ子姪っ子が『従兄弟《いとこ》が欲しい』とか言うと、姉夫婦もうちの親もみんな気まずい顔しちゃってさ。気遣われてるのも嫌なもんよ」

「あ〜……」

無遠慮に結婚をせがまれても、アンタッチャブルなことだと気遣われても、どちらも面倒くさい。家族とて縁戚関係が増えるのだから子どもの結婚問題は無関係ではない。だけど、気にしないで自然に接してもらえたらそれだけでいいのになあ。

「鶴居は津田江くんあたりに偽装彼氏でもやってもらったら？」

「偽装彼氏ですか？　しかも津田江くんに？」

「東京に格好いい彼氏がいま〜すって。津田江くんのスペックなら親御さんも認めざるを得ないでしょう」

「嫌ですよ。津田江くんにそんなこと頼むの」

「津田江くんは喜びそうだけどなあ。鶴居に忠犬みたいになついてるし」

津田江くんは相変わらず明るく軽い好意を振りまいているけれど、私は本気だとは思っていない。それに彼が狙っているのは羽間さん。……タイではあえなく振られたそうだけれど、こたえている様子はない。

なお、津田江くんの夏休みは学生時代の仲間とセブ島だそうだ。どこまでも明るくパリピな夏である。

「津田江くんはああいう性格なんでなついているように見えるだけですよ」

「でも、鶴居が面倒くさい津田江くんを上手にコントロールしている話は聞こえてくるよ。もともと、調整力高めだもんね。だからかな……」

加納先輩は何か言いかけてやめた。また私と津田江くんについて妙な噂でも流れているのだろうか。

いぶかしげに覗き込むと、なんでもないと首を振られた。

「まあ、親の結婚しろ攻撃はかわし続けますよ。私はやっぱりひとりがいい。ひとりで楽しいんで」

「楽しんでるのはわかるわ」

加納先輩は私がさっきあげたお土産、水族館限定クッキーの箱を持ち上げてみせる。この夏休み、私は連日ちょっと遠くの水族館に出かけるというイベントを実行中なのである。

ゴールデンウィークのように羽間さんに呼ばれるかもという気持ちがないわけではない。だからといって、自分の楽しみを削るつもりは毛頭ない！

「明日も水族館？」

「はい。ちょっと足をのばして北関東の方へ」

「元気だな～」

実は加納先輩のお土産だけじゃなくて、羽間さんにも水族館のお土産を買ってあったりする。料理をするって言っていたから、柄がチンアナゴの形になっているおたま。

いや、タイのお土産をもらったからそのお礼なだけで。

……でも羽間さんのキッチン、スタイリッシュに整理整頓されていたな。チンアナゴのおたまじゃ浮くかな。

そんなことを考えつつ、羽間さんに会えないので渡す予定も立たない。お土産を渡したいので会えませんか？とメッセージを送ればいい。十河法律事務所だって夏休みなんだから、会おうと思えば会える。だけど、休みの日に仕事関係者と会いたい？直前まで忙しそうだった彼を呼び出していいもの？

ぐるぐる回って行動に移せずにいる。

「さて、この後はセールのはしごでいいのかな？」

「はい！　夏物最終セール、楽しみですね！」

今は羽間さんのことを考えなくていい。ひとりでも楽しい。気の合う先輩といても楽しい。私の生活は今まで通り、それでいいのだ。

夏休みが明け、一週目。社内で問題が持ち上がった。私が作った契約書にミスがあり、契約を取り交わした後に相手の業者が意見をしてきたのである。

「私が英訳を間違えたようです」

営業部から言われ、私は山野部長の前で頭を下げた。

取引先は仕入れ業者で、受注先がアフリカの某国。以前の訴訟案件と違い、今回は本当に海外資本なので、そういった場合は契約書も英語に直す。テンプレートもあるし、一応ビジネスイングリッシュは人並みにできるので英訳を担当したのだけれど、営業担当の指示のもと条項を追加していくうち、向こうの主張する文言が抜けてしまったようだ。

「営業部だって、日本語の契約書も英訳の契約書も確認してるはずだろうに。まあ、彼らはいつもちゃんと契約書を読まないからなあ。それじゃまずいんだけど」

山野部長はフォローしてくれているが、私は反省から沈鬱な表情になってしまう。

「私のミスです。すぐに訂正したものを作成します」

今回のミスは営業の指示で追加した文言が違っていたということなので、まず日本語の契約書から作り直し、営業の確認を頼むべきだろう。しかし、文章に織り込んでみてどうもしっくりこない。日本の協力企業を通すとはいえ、アフリカから部材が入ってくることを考えると、納期を始めとしたこまごまとした部分がおかしく見えるのだ。

しかし、営業担当はこれでいいと考えているのか、こちらからの質問メールも日本語契約書の確認メールも『OKです』という返信のみ。

すでに取引は始まっているのだから、早く英訳の契約書も作り、どちらも営業部に託せばいい。だけど、本当に大丈夫だろうか。

もやもやと仕事を進めていると、不意に声をかけられた。

「鶴居さん、お疲れ様です」

ひょいっと私の顔を横から覗き込んだのは羽間さんだ。ひと月以上ぶりに会う羽間さんに、一瞬声が出なかった。

「……羽間さん、お久しぶりです。今日部長と打ち合わせでしたね」

スケジュールは確認していたし、メールのやりとりはしていたのに、ミスの件で頭から吹っ飛んでいた。羽間さんはにこりと笑う。

「津田江くんから聞きました。トラブルに巻き込まれた、と」

「巻き込まれたんじゃなくて、私のミスですよ」

「ふむ、そうですか」

羽間さんは私のＰＣ画面を眺め、ミスのあった英語の契約書を手に取る。打ち合わせ時間までまだあるから、彼なりの暇つぶしだろう。

「見たところ、鶴居さん作成の契約書に大きな問題はなさそうですが」

「必要な文言が抜けていたんです。納期と、流通時の責任の所在に関する部分なんですが」

「それはおかしいですね。新しい契約書を見ると、雲間工業の利益が低く、納期遅延に口出しできず、一方的に賠償責任を負う不利な契約に見えますが」

「や、やっぱりそう見えますか？」

私が疑問に思っていたことを一瞬見ただけで言い当てる羽間さん。彼は顔を上げて、穏やかに言う。

「おそらくですが、相手側の担当者と齟齬《そご》があるのでは？　営業担当は現地の言葉を使えますか？」

「英語と公用語のフランス語でやりとりしていたようですが」

そこまで言って、あの部署にフランス語が堪能なメンバーがいただろうかと今更ながらの疑問が湧いてきた。

「津田江くん、聞いていますよね」

横を見ると、頬杖をついて待機している津田江くん。私たちのやりとりはすっかり耳に入っている様子だ。

「取引先との交渉、営業から肩代わりするのはどうです？　きみはフランス語、できるでしょう」

「スペイン語よりは得意っすね」

「情報を精査してから契約書を作らないとまた何度手間ということになりかねませんよ。おそらく英訳ミスというのも、営業担当と現地担当の齟齬が原因だと思いますので、鶴居さんの責任ではないでしょう」

久しぶりに顔を見たと思ったら、いきなり手助けしてくれて。あまりにそれが自然な彼で、私は戸惑ってしまう。

「あの、現地との交渉も私が……」

「餅は餅屋です。フランス語に不慣れな人間がやっても細かいニュアンスが伝わりません。津田江くんなら安全でしょう」

「鶴居さん、俺に感謝してごはん奢ってくれてもいいですからね～」

津田江くんはへらへらしながら、早速営業部に内線電話を入れている。詳細を聞き取りし、現地と交渉するためだ。

「ありがとう、津田江くん。……羽間さん、ありがとうございます」

「鶴居さんはあまり周囲を頼らない人ですが、津田江くんは上手に使っていいと思いますよ。役に立つので」

羽間さんの言葉に、内線をしながら津田江くんがにっと笑ってみせた。

なんだか優秀すぎるふたりに助けられてしまったようだ。不甲斐《ふがい》ないような、ありがたいような複雑な気持ちだった。


それから数日、お礼は言ったものの契約書の件はずっと私の胸に引っかかっていた。私がひとりで対応できればよかったのに、できなかった。むしろ、羽間さんと津田江くんがいなければ、きっと面倒なことになっていただろう。情けなく感じる一方で、彼らに別の形でお礼をしたいと思ったのだ。

津田江くんがふざけて『ごはんを奢ってほしい』と言っていたので、便乗させてもらおうか。悩みに悩んで私は昼休憩中に津田江くんに声をかけた。

「津田江くん！」

「ごはんっすか？　やったー」

まだ何も言っていないのに、待ち構えていたかのような返事。この子、私が誘ってくると確信していたな……。

「まだ誘ってないんだけど……」

「いや、鶴居さん律儀だから、絶対この前のお礼に食事でもって言ってくると思ってました」

津田江くんは当然といった表情。行動を読まれていて、なんだか恥ずかしい。

「羽間先生も誘うんですよね。俺、連絡していいっすか？」

「あ、……うん」

もちろん誘う気でいた。だけど、なんと声をかけていいかわからなかったので、津田江くんが連絡してくれるなら助かる。

一方で、彼からしたら羽間さんと会うチャンスなんだと胸がもやもやした。出張先でかわされたはずなのに、津田江くんの気持ちはまだ萎えていないようだ。

「じゃあ、連絡してもらっていい？」

「了解っす。どこ行きます？　夏だしビアガーデンとか」

「津田江くんの希望がビアガーデンなら、そうするよ」

「羽間先生にも聞いてみますね。たくさん飲みたいし、金曜夜がいいかなあ」

楽しそうな津田江くん。私も彼みたいに気持ちをストレートに表に出せばいいのだろうか。だけど、その気持ちって本当のところどうなの？

羽間さんと津田江くんに何かがあったら嫌だと思いながら、羽間さんに好きだと胸を張って言えないでいる。そもそも彼みたいな人と釣り合わないし、どうせ遊ばれているだけだと思う気持ちもまだゼロじゃない。もし交際しても、きっとすぐに飽きられるという不安もある。

だけど、羽間さんに惹かれていく気持ちを止められないでいる。

（ちゃんと考えよう……）

ひとりでいいと思っていた私が、誰かと並んで歩きたいと感じ始めているのだ。この気持ちを大事に見つめ直そう。まずは、そこから。

羽間さんからは津田江くんにＯＫの連絡がきた。その晩、私のスマホにも【楽しみにしています】という連絡がきたのだった。

金曜の午後、私はデスクでひとり黙々と仕事をしていた。今夜は羽間さんと津田江くんにお礼の食事を奢る約束。津田江くんの希望で、ビアガーデンに予約を入れた。羽間さんはアポイントがあり予約時間のギリギリに到着すると言っていた。津田江くんは法務部の先輩のお供で遠方に出かけていて帰社時間が不明。リスケも提案したけれど、ふたりとも『絶対行くからリスケ不要』との返答。

言いだしっぺの私が先に到着して待っていればいいよね、と定時上がりを目指して頑張っているところだ。

そんな昼下がりに声をかけてきたのは山野部長だ。

「鶴居さん、ちょっといい？」

「はい、なんでしょう」

山野部長のこのトーン、何か面倒なことを頼まれる気配……。残業は困る。

びくびくしている私に山野部長はこそっと言った。

「これはまだ内々示だから誰にも言わないでほしいんだけど、異動の話が出てる」

「いどう？」

「きみにだよ、鶴居さん」

思いもよらぬ話に、私は呆《ほう》けた顔を山野部長に向けた。

「私に……ですか？」

法務部に異動して間もなく三年、私なりに頑張ってきたつもりだ。やはり法務部員としてはスキルが足りなかったのだろうか。津田江くんも入ってきて、不要になってしまったのだろうか。

「あ、そんな顔しないで。きみが法務部で頑張ってくれたことが認められたと思ってほしいんだ」

呆けた顔から一気にへこんだ顔になっていたらしい。山野部長が慌てた様子で言い添える。

「きみが欲しいと言ってるのは人事部だよ。きみの調整力や教育スキルを人事部で活かしたいと。係長補佐の待遇になるから、給与も上がるよ」

係長補佐なら加納先輩と同じ立場だ。彼女は総務部係長補佐。私の年齢では早い出世に入るだろう。

「ありがたい話ですが……私でいいんでしょうか」

「もともと法務部の人手不足から、法学部出身で人当たりがよくて順応性が高いきみに白羽の矢が立った。法務部ではうるさい営業連中と渡り合い、癖のある弁護士先生のお相手や面倒な後輩の教育も頑張ってくれた。うちとしては手放したくないけど、人事部ならきみの能力はもっと活かせるんじゃないかな」

九月頭には内示、半ばに正式な辞令が出て十月に異動となるそうだ。内示の段階で断ることができるのは海外転勤など特殊な事情のみ。

内々示とはいえ、山野部長の口ぶりを考えれば、おそらく確定だ。

夏に会ったとき加納先輩が言葉を濁したのは、このことを噂レベルで知っていたからかもしれない。総務部にいればだいたいの情報は入ってくる。

素直にありがたいと思う。確かに人事の仕事はかなり興味がある。人事部の先輩たちは総務から異動になった人も多く、顔見知りばかりだ。

同時に、法務部門で一般社員としてスキルを磨き、法務部員として認められるという道はここまでなのだと思った。自分なりに努力してきたことは消えない。だけど、スキルを使う仕事はなくなるのだ。わかっているが、まだ割り切れない。

そして、思った。

(羽間さんと仕事すること、なくなるんだ……)

いつかこんな日がくると考えなかったわけじゃない。だけど、こんなに早いとは思わなかった。

(以前の私なら、ラッキーって思ったかな)

今の私はそうは思えない。もう羽間さんと会う理由がなくなる。胸が重たい。

終業後、私は予約したビアガーデンに向かった。異動の話は、まだ誰にするわけにもいかない。お酒が入っても、羽間さんと津田江くんには絶対に言わないように気をつけないと。

シティホテル屋上のビアガーデンは混雑していた。最近は夜も気温が下がらないので、人が多いと日差しなしでも熱気がすごい。団体客が入っているのか、賑やかな声というより時折怒鳴り声に近いような叫び声まで聞こえる。

(ホテルの屋上のビアガーデンなら落ち着いてるかと思ったんだけど、ここまでうるさいと普通の声で会話しても聞こえなそう)

飲み放題を頼んでいるわけでもないし、津田江くんが納得いくなら少し飲んで場所を移してもいいかもしれない。

ふたりが来るまで何も頼まないのもなんなので、ジンジャーエールを一杯頼んで待った。羽間さん、津田江くんそれぞれから連絡がきている。ふたりとも間もなく到着のようだ。

ふと、テーブルに男性がふたり近づいてきているのがわかった。

「おねーさん、ひとり?」

「連れが来ます」

「連れ、女の子?」

明らかに酔っている男性ふたりは派手なシャツにジーンズ姿で、社会人風ではないが、年齢的には三十代半ばといったところだろうか。

（もしかしてナンパ？）

無視しようとスマホを取り出してうつむくと、ふたりが私の隣の椅子にどっかりと座った。

「おねーさん、お酒飲まないの？　ビアガーデンだよ、ここ」

「一緒に飲もうよ」

「お友達も一緒にさあ。俺、頼んであげるよ。すいませーん」

店員を呼ぼうと勝手に声をあげるので、私はキッと彼らを睨んだ。

「やめてもらえませんか？　知らない人とお酒飲むつもりないんで」

「そんなこと言わないでよ。あんまり怖い顔してると男ウケ悪いよ」

「彼氏いないでしょ。堅そうだもんね。今日はパーッと俺らと遊ぼう」

うるさいなあ。イライラしつつ席を一度立とうとすると、腕をつかまれた。ぎょっとすると、強引に引っ張られる。

「やめてください！」

「素直じゃない女、可愛くねー」

「一緒に酒飲んだら楽しくなるから、逃げないでよ～」

げらげら笑う声にぞっとする。こういう人たちはおそらく素面《しらふ》なら絡んでこない。お酒で気が大きくなっているから女性相手に横柄な態度を取るのだ。相手を見て、勝てそうだから挑むのだ。

悲鳴でもあげてやろうかと思った瞬間だ。私の手が自由になった。

腕をつかんでいた男の手を背中に回してねじり上げているのは羽間さんだった。その表情は氷のように冷たかった。

男が痛みに呻《うめ》き声《ごえ》をあげ、もうひとりの男が驚いて席を立った。椅子が転がる。

「芹香さん、お待たせしました」

そう言った羽間さんの顔は一転笑顔だ。いつもの張りつけたような笑みは、感情を殺しているからだと気づく。彼は今、おそらくものすごく怒っている。

津田江くんが店員を連れて説明しながら歩み寄ってくる。

「酔っぱらいに連れが絡まれちゃいまして～。店員さん、この人ら、どうにかしてください よ～」

すると、羽間さんが男を解放し、笑顔のまま言い放った。

「女性の身体に同意なく触れる行為はいかがなものかと思います。友人に対する無礼な態度、謝ってもらえますか？」

羽間さんに腕をねじり上げられた男は痛みもあって怒りを表情ににじませるが、周囲には人が集まり始めていた。どうやら団体客のひとりだったようで、何人かあまり酔っていなそうな男性たちが血相を変えて駆け寄ってきた。「何かありましたか？」と尋ね、店員が事情説明をし始める。

もうひとりの男につつかれ、男が私に向かって頭を下げた。

「すみませんでした」

彼らは仲間ともども店員にも頭を下げ、引っ張られるように集団の中に戻っていった。私の横には羽間さんと津田江くん。

「鶴居さん、ここ会計済んでるんで、出ましょうよ」

津田江くんがあっけらかんと言い、羽間さんが頷いた。

「俺の行きつけでよければ、案内します。ここからそう遠くないので」

「あの……」

私はふたりを交互に見上げた。情けないことに、また助けられてしまった。

「ありがとうございます」

「鶴居さんはなんにも悪くないんだから、責任感じちゃ駄目っすよ」

津田江くんが明るい調子で言い、羽間さんは心配そうに私の顔を覗き込む。

「遅れた俺たちが悪いんです。嫌な思いをさせてしまいました」

「羽間先生、相手の肩を外しちゃいそうだから、俺はびくびくしてましたよ」

津田江くんが言い、羽間さんが「しぃ」と人差し指を口の前に持ってくる。何やら私の知らないところでふたりには内緒事があるらしい。

「さあ、行きましょう」

そう言って羽間さんは優しく微笑んだ。


羽間さんに連れていってもらったのは落ち着いたBARだった。カウンター席だけでなくソファ席もあり、客の年齢層もやや高め。

「こういう店初めて来ましたよ。羽間先生、渋いっすね」

「十河先生がお好きな店なんだよ。芹香さん、奢るとかおっしゃってましたけれど、お気になさらず。好きなお酒を飲んで割り勘にしましょう」

私に気を遣わせまいとそんなことを言う。

「いえ！　お高いウィスキーでもワインでもどうぞ！　……そうしないと助けてもらってばかりで私の気が……」

「仕事仲間が困っていたら助ける。普通のことですよ。あなたはいつも気負いすぎです」

羽間さんの大人のセリフに私はうっと詰まる。津田江くんはいつものチャラチャラした調子で言い添える。

「俺は下心アリで助けますけどね。羽間先生、紳士～」

「きみはもう少し下心をしまうといいですよ」

「俺の下心、先生には拒否られてるからなあ」

私の隣の津田江くんと向かいの席に座る羽間先生の気安いやりとり。思わず顔を上げて、ふたりを見た。

「ず、ずいぶん仲がよくなったんですね！」

ふたりがきょとんと私を見て、それからそろって笑った。

「芹香さんが嫉妬してくれるなら、津田江くんも役に立ちますね」

「ひでえ。でも、鶴居さんは俺の方を見てるって可能性もありますよ！」

なんだか、私の知らないところでふたりがツーカーになっている。それがすごくもやもやしていたんだけれど、おかしくもなってきた。

だって、当初は津田江くんが失礼なことをして羽間さんを不快にさせたらどうしようとばかり心配していたのだ。それを思えば、ふたりが仲良く笑っているのはいいことかもしれない。私はあとひと月ちょっとで、法務部からいなくなるんだもの。そうしたとき、羽間さんと連携して仕事をしていくのは津田江くんだ。

私が笑顔を見せたせいか、ふたりもくつろいだ表情になる。

「好きなものを頼みましょう。明日は休みですし、少しゆっくりしてもいいでしょう」

「そっすね。飯もいいですか？　腹減っちゃった」

「なんでも！」

落ち着いたＢＡＲに似合う声量ではあったけれど、私たちはそれなりに語り合い、食事とお酒を存分に楽しんだ。

なんだか奇妙に楽しい夜で、この時間がずっと続けばいいのにと思った。

「ちょっと俺、トイレ行ってきます～」

だいぶアルコールも進み、津田江くんが赤い頬でトイレに立った。彼もお酒は強いようで、かなり飲んでいた割に泥酔している様子はない。頬がほんのり赤くなっている程度だ。

「芹香さん」

呼ばれて顔を上げると、テーブルの上の私の手に羽間さんの手が重なっていた。

「油断も隙もない……！」

「気を抜いた芹香さんの失策です」

お互いの顔を見て、私たちは嫌味を言い合い、それから笑った。彼の手がきゅっと私の手を握る。

「このまま、帰したくないです」

駄々をこねるにしては、低く静かに羽間さんは言う。私は戒められた手をほどこうと腕を引くけれど果たせない。

「離してください。津田江くんが戻ってきます」

懇願して、もう片方の手で彼の手を退けようとしたら、そちらの手も捕まった。テーブル越しに私の両手を彼の両手が包んで離さない。

「いつも聞き分けがいいと思ったら大間違いですよ」

津田江くんが戻ってくるのにと焦りつつ、じとっと羽間さんを睨む。

すると、強気な笑顔がふっと緩み、それと同時に手の拘束も緩んだ。

「冗談です。離しますよ。嫌われたくないですから」

残念そうな羽間さんの顔に、罪悪感と胸の高鳴りを覚えた。『帰したくない』という羽間さんの声が頭の中でこだましている。

支払いは私がすることで押し通した。お礼を完遂したいと言い張る私に、ふたりが折れた格好だ。

「俺はここで」

羽間さんは徒歩で帰宅すると言う。確かに地下鉄なら数駅で彼のマンションだ。歩いても三十分ほどだろう。酔い覚ましだと本人は言っているが、酔ってもいない様子だし、心配はいらないと思う。

「今夜は楽しかったです。それでは、おやすみなさい」

「はい、お気をつけて」

「先生、また飲みましょうね～」

津田江くんの頭を押さえてお辞儀をさせた。振り返った羽間さんが苦笑いで手を振る。

追いかけたい。

私の中で誰かがそう言っている。誰かなんて言わなくてもいい。それは私自身だ。

帰したくないと言ってくれた彼ともう少し一緒にいたい。

だけど、その通りにすれば、私はこの感情に名前をつけなければならなくなる。傷つく覚悟をして、飛び込まなければならなくなる。

「鶴居さん、タクシー来ましたよ」

配車アプリでタクシーを呼んでくれた津田江くんが私を先に乗せようと呼ぶ。

「ありがとう」

ドアが開き、後部座席に入ろうとすると、津田江くんに腕をつかまれた。引き留められたというより、何かひと言あるようだ。

「鶴居さん、敵に塩送る感じになっちゃうんで、言おうか迷ってたんですけど」

「え、何？」

「素直になった方がよくないっすか？」

ごくんと息を呑み、私はわかりやすく固まってしまった。もしかして、羽間さんが私の手を取っていたシーンを目撃していたのだろうか。

いや、そもそも彼は何になどと言っていない。それなのに、あからさまに動揺してしまったのは私だ。

津田江くんは面白そうに笑い、私の顔をじっと見据える。

「顔に出やすい自覚あります？　羽間さんに向ける顔、恋する女子ですよ。俺には向けてくれないやつ」

「そんなこと……」

「羽間先生は負ける闘いはしない。つうか、勝負に出た時点で勝ち戦なんですよね」

津田江くんはにっと意味ありげに笑い、続ける。

「あの人が本気で鶴居さんにアプローチ始めた時点で、鶴居さん負けてますよ」

津田江くんは羽間さんが私に向ける視線の意味を理解している。羽間さん本人が話したのかもしれない。

私は思わず皮肉げに彼を見上げた。

「それ聞いて、私が素直になると思う？」

「思わないっす。ますます意固地になる。でも、鶴居さんって自己評価は高くないけど、負けず嫌いでしょ。だからあえて焚きつけました。勝負の土俵に立ってみたらいいんじゃないですか？」

背中を押されたのだとわかった。私がまだ勇気に変えられないでいる気持ちを見抜いた上で、行けと言っている。

「きみはいいの？」

津田江くんは羽間さんが好きだと言っていた。私が今行けば抜け駆けにならないだろうか。

「諦めてないっすよ。羽間さんのことも、鶴居さんのことも」

「え？　私のことも？」

「まあ、それは追々でいいんで。今は勝負してきたらどうっすか？」

そう言ってにやっと笑う。年下のイケメンに恋の背中を押してもらうとは思わなかった。私はしっかりと頷き、タクシーに乗り込んだ。

羽間さんの自宅の住所を言い、どんどん心臓の音が大きくなっていくのを感じる。私はこれから羽間さんに会いに行く。自分で決めて会いに行くのだ。

マンション前に到着し、植え込み近くのガードレールに身体を預けた。昼間の熱気が残っていて、額に汗がにじむ。おそらく私の方が先に着いてしまうだろうとは思っていたので、連絡は入れずにじっと待った。

十分ほど経つと、見知った背の高い影が近づいてきた。

「芹香さん？」

街灯に照らされた羽間さんが驚いた顔で私を見ている。

「先回りしてごめんなさい」

私は彼に歩み寄り、頭を下げた。それから顔を上げ、眦《まなじり》を決して彼を見つめた。

「会いに来ました」

羽間さんは一瞬右目をすがめ、それから困ったように微笑んだ。

「感謝の気持ちで誘いに乗ってくれましたか？」

「違います。私の意志です」

「それじゃあ、遊びですか？」

「自分でも……今はわかりません」

素直な気持ちだった。嘘がない方がいい。綺麗に飾った言葉より、伝わりそうな気がした。

「ただ、羽間さんともっといたいと思いました。自分に正直になろうって思ったから、ここにいます」

羽間さんはふうと息をついた。それは、どこか決意を秘めた嘆息で、それから彼の綺麗な瞳が強く私を射貫いた。

「俺は遊びには取らないけど、それでいい？」

敬語じゃなくなっている。素の羽間陽がここにいる。

「……はい」

私は頷いた。

「いいです」


二度目の羽間さんの部屋だった。後について玄関に一歩入るなり、抱きしめられた。ドアに身体を押しつけられ、そのまま唇を奪われた。

「口、開けて」

素直に唇を薄く開けると、顎をとらえられ深く重ねられた。貪るようなキスに身体が震え、私の手は彼のシャツをぎゅっと握りしめていた。

「もっとこっち」

密着した身体が熱い。角度を変え、さらに深いキスへいざなわれる。素直に彼の言う通りに反応すると、耳朶に唇を押しつけられ、ささやかれた。

「いい子」

「……羽間さん……っ！」

その声だけでたまらないというのが、この人はわかっているのだろうか。

「焦らさないでほしい？」

「違くて……シャワー……汗かいてるから」

「中断できる？　俺は無理だけど」

そのまま再び口づけられ、もう何も考えられなくなってしまった。パンプスが足から脱げたことも、前髪が汗で額に張りついて格好悪いことも、もうどうでもいい。

「私も、たぶん無理……」

「じゃあ、全部任せて」

貪るように口づけ合い、汗ばむ肌に指を這わせた。性急で、夢中で、切ないくらいいとしいキス。ふたりだけの時間が始まる。

しがみつき、声をあげ、私は羽間陽に抱かれた。二度目の夜も、間違いなく私の意志で。

8　芹香の反逆

綺麗なところにいた。それが空なのか大地なのかわからない。ただ、朝焼けの中にいるような眩しさと、清浄な空気を覚えた。

私はうんと伸びをして、光の方を見る。誰かが私の名を呼んだ気がした。誰だろう。聞き馴染みのある、安心する低い声。

「ん……」

意識が覚醒していき目が覚めた。カーテンからひと筋の朝日がベッドと床に差し込んでいる。

身じろぎして横を見ると、すでに目覚めていた羽間さんがいとおしそうに私を見ていた。

私はおそらく一瞬で赤い顔になっていただろう。

昨晩を忘れたなどと調子のいいことは言わない。だけど、やっぱり同じベッドで目覚めると驚いてしまう。

「おはよう。芹香さん」

しい。

「お、おはようございます」

穏やかな低い声が夢で聞いた声と同じだと思った。私は羽間さんの夢を見ていたらしい。

（ものすごく恥ずかしい）

いたたまれない気持ちでもぞもぞしていると、私の様子を察したのか羽間さんが先に身体を起こした。裸の上半身にどきりとする。

昨晩ずっと触れ合っていた身体だというのに、朝日の下で見ると刺激が強い。

「朝食の準備をするから、ゆっくりしていて」

「はい」

昨晩の生々しい記憶がよみがえって、心臓が口から出そうだ。最初の晩よりずっと長く、時間をかけて触れ合った。遮二無二快楽を求め合うより、与え合い満たし合うために抱き合った。

（やってしまったって気持ちは同じだけど）

違うのは、私の核心部分。彼の気持ちから逃げないために、私の気持ちをはっきりさせるためにここに来た。全霊で抱き合った。

（好きって……言いたい）

もしかして、彼の何番目かの女になるのかもしれない。飽きたらあっという間に捨てられてしまうかもしれない。そのくらい釣り合いが取れない人だと思う。

だけど、もう自分の気持ちをごまかさない。

（ちゃんと言おう）


羽間さんが整えてくれた朝食は、ブリオッシュトーストとかぼちゃのポタージュスープ、サラダとハムエッグというものだった。

「ブリオッシュとポタージュは冷凍しておいたんだけど、味は落ちていない？」

「美味しい……です」

ぼさぼさの髪に彼のTシャツを着た格好で朝食の席についた。ひと口食べて忖度《そんたく》なく感想が漏れた。羽間さんが目を細める。

「口に合ってよかった」

「すごく美味しいです。ポタージュ、羽間さんが作ったんでしょう？　本当に上手なんですね、料理」

「多趣味とはいえ、料理は一番性に合うかも」

羽間さんはマグカップにコーヒーを注いで、私の前に置く。

「俺ってこう見えてなんでもできる方だったから、料理も簡単にできると踏んで始めたんだよね。そしたら最初に作った野菜炒《いた》めが不味すぎて」

「意外な過去」

こう見えて、と言うように外見からなんでもできそうなスーパーマンに見える。そんな彼の失敗談は新鮮だ。趣味の話もちゃんと聞いたことがない。

「芹香さんが知らない俺、結構いるよ」

そうなのだろうと思う。そして、そんな彼を知りたいと思っている私がいる。

「ゆうべ、嬉しかったよ」

マグカップに手をかけると、重ねるように手を包まれた。

彼が真摯な瞳で私を見ている。

「あなたにとって、昨夜がどんな意味でも、俺は嬉しかった」

「羽間さん、私……」

言うなら今だ。今まで彼を待たせた分、拙くても想いを伝えよう。

口を開きかけたときだ。

テーブルの片隅に置いた私のスマホが振動し始めた。液晶には母の名前。なんて間が悪い……というか、土曜の朝からなんの用事だろう。

「着信でしょう。出たら？」

羽間さんが気を遣って私を見る。私は躊躇《ちゅうちょ》し、「でも」とつぶやいた。羽間さんの前でしたい話にならないのは請け合いだ。

「ご家族でしょう」

液晶に同じ苗字の名前が表示されているのは彼にも見えている。私は頷いて、液晶をタップした。

「もしもし……」

『芹香っ！　どうして最近電話もメールも無視するの！』

いきなりフルスロットルの母のキンキン声が聞こえてきた。絶対に羽間さんにも聞こえているボリュームだ。

「お母さん、おはよう。少し声量を落として。あと、平日昼間に電話されても出られないし、メッセージはちゃんと返してるじゃない」

『帰省しなさいという話を春からずっと無視してる件よ！　いい加減帰っていらっしゃい！　あなたのお見合いについて真剣に話したいの！　いい人が見つかったから』

私はぐっと怒りを抑え込んだ。どうして、こうも話が通じないのだろう。このままではお見合いどころか、勝手に結婚まで仕切られてしまいそうだ。自分たちの娘がいくつになったと思っているのだろう。

ハッとした。私のお見合いというセンシティブな話題に一番反応するのは、今、目の前にいる人では？　おそるおそる見やると、冷たい笑顔のままこちらを見ている羽間さん。怖い。

「お見合いも結婚も興味ないからしない。ずっと断ってるでしょ」

『芹香、何度言ったらわかるの？　あなたはひとり娘で、離れて暮らす私たちがどれほど心配しているか。とにかく、一度帰っていらっしゃい！　そうしないと明日にはお父さんとふたりでそっちに行くわ！』

明日……待って待って、私のマンションに押しかけて家族会議する気なの？　前にも押しかけられたことがあるけど、どうしてそこまで話が通じないの？

（昔から、私の意見を聞かない人たちだったなあ）

だから大学を機に離れたし、就職も地元ではしなかった。両親からしたら、高校までいい子だった私が豹変《ひょうへん》したように思えただろう。

だけど、十代の頃は我慢していただけなのだ。大人になり、私はもう自分の足で歩いている。

それを父と母だけがいまだにわかっていない。

（羽間さんと向き合う前に、自分のことにケリをつけないと）

私は眉をきっと吊り上げ、決意の声をあげた。

「わかった、今日帰る！　納得してもらえるかわからないけど、ひとまず顔を出す！」

言いきって、それ以上母の反論を聞く前に電話を切った。

「羽間さん」

目の前の羽間さんの顔を険しい表情のまま見つめ、宣言する。

「これから、実家に行ってきます。それで……帰ってきたら、話したいことが……あります！」

「それは俺たちのこれからって意味でいい？」

羽間さんが小首をかしげて、尋ねる。

「……はい」

もう逃げない。何事にも向き合う。そう決めたのだ。

すると、羽間さんは少し考え、それから頷いた。

「俺も一緒に行くよ」

「へ!?」

「偽装彼氏をやろう。以前一度断られているけど、今回はいいでしょう。芹香さんはお見合いさせられそう。俺はそれを阻止したい。利害一致だね？」

「させられません！　偽装彼氏なんて！」

まず羽間さんをあの面倒な両親に会わせたくない。付き合う付き合わないの前に、引かれる要因を作りたくない。

「俺があなたのためにそうしたいんだ。俺との関係は一旦保留でいい。ご両親を説得しよう。あなたの人生を守るため、自立した生活を維持するのがあなたの反逆。違う？」

反逆。その言葉をどこかで使った気がした。思い出せずに、一瞬呆けた私を羽間さんが覗き込む。

「芹香さん、一緒に行っていいよね」

柔らかな眼差しで見つめられ、ふとものすごく懐かしくなった。私はおずおずと頷いた。

「はい……」

「よかった。新幹線、手配するよ。あなたはごはんを食べて」

そう言ってスマホを取りに席を立つスタイルのいい後ろ姿。妙なことになった気がするけれど、私はこれから羽間さんと実家に行く。

自分の問題を片付けて、羽間さんと向き合うために。

午前中の新幹線で故郷に向かって出発した。自宅に戻って着替えてから東京駅で合流すると、羽間さんはサマージャケット姿で、お土産を買っていた。

気を遣わなくていいのにと思う私を見透かしたように「ご挨拶でしょう」と答える。

並んで取れた座席に腰かけた。変な感じだ。故郷へ向かう新幹線に、羽間さんが同乗している。

「福井駅までは約三時間半。到着は十五時くらいか」

「北陸《ほくりく》新幹線が延伸したので、これでもかなり早く着くようになったんです」

「でも、帰りの時間を考えたら結構遅くなるよ。宿を手配しようか？」

「いえ、そんなに長話をする気もないので」

自分の言葉が冷たく響いて、言い訳するように羽間さんを見た。

「前も言いましたけど、ものすごく仲が悪いってわけじゃないんですよ。ただ、合わない。両親は、特に母は私が思う通りに育たなかったことが自分の責任って思うらしくて」

「自分たちの正解を歩ませることで、子育てと自分自身を肯定したいのかもしれないね。そういう親子関係をたまに聞くよ、この仕事をしていると」

「そうかもしれないですし、私のことを『諦めた』から『結婚させて落ち着かせよう』って考えになったのかもしれないです」

悲しいけれど、両親にはそういうところがある。

「目の届くところで、絵に描いたような落ち着いた暮らしをしてほしい。それが『地元で結婚』で、たぶん両親にとって都合のいい娘の人生なんですよね」

そんな両親が嫌だった。ただ、単純に嫌えたらもっと楽だっただろう。

家族というのは多重構造の関係でできていると思う。いい面悪い面、合う合わない。ミリ単位ですれ違うことだってある。だけど、家族という枠組みから逃れるのは難しいのだ。

「芹香さんの人生は芹香さんのものだよ」

羽間さんがはっきりとそう告げる。

この人に言われると、心からの肯定だと感じられてホッとする。さすが弁護士さんだなあなんて茶化さずに私は彼を見た。

「羽間さんのおうちは仲がよさそうですよね」

「そうでもないよ。みんなドライで個人主義。ただ、全員人当たりだけはものすごくいいから、端で見ると仲良し家族に見えるんじゃないかな」

「お兄さんと弟さんも羽間さんみたいに腹黒そうな笑顔をするんですか？」

羽間さんが面白そうに笑った。

「うん、そうかも。でも、俺ほど露悪的じゃないかな」

「羽間さんは露悪的な自覚があるんですね」

「弁護士だからねえ。まあ、印象操作も大事ということで」

そう言って羽間さんは例の腹黒笑顔を覗かせる。

「芹香さんのご両親と会うときは、好青年を演じるから安心して。勝算はもう充分あるから」

「勝算って、なんですか」

「俺はあなたをご両親から奪還したい。できるだけ穏便に」

過干渉から解き放ちたいと考えてくれているのだろう。私は首を左右に振った。

「それは私の力でやらないといけないです」

「もちろん。だけど、あなたも知っている通り、言葉を尽くしてわかり合えないことはよくある。だから、合理的な材料が必要。ご両親が黙るための材料に俺がなればいいんだよ」

羽間さんはそう言って気安い笑顔を見せた。頼れる彼なら、上手にやってくれそうな気もするけれど、あらためて偽装彼氏という状況に居心地が悪くなった。

この旅が終わったら、羽間さんに言うんだ。自分の気持ちを素直に言葉にしたい。

「ところで、芹香さん。恋人同士なんだからもう少しくだけた喋り方はできない？」

羽間さんは昨晩から敬語を取っ払って話しているけれど、私はそう簡単にできない。

「よ、陽さん。……これが限界」

「じゃあ、せめて俺が馴れ馴れしくしても怒らないでよ？」

そう言うと羽間さんは手をのばし私の肩を抱き寄せた。思わず突き放してしまったのは、恥ずかしかったからだ。

「こらこら」

（だって昨夜を思い出したんだもん）

心の中でそう答えて視線を外すと、羽間さんが追いかけるように覗き込んできた。再び視線が絡む。

「真っ赤な顔。何を考えてるか、当てようか？」

「当てなくていいです！」

大きな声が出てしまい、ハッと口を押さえた。

羽間さんは面白そうにくつくつと笑っていた。

福井駅で新幹線を降り、ロータリーでタクシーに乗った。実家は福井の市街地から車で三十分ほどの場所にある。学生時代は中心地や学校へはバスで通っていた。

今は父と母が住んでいる一戸建てに到着すると、私は大きく深呼吸をしてチャイムを鳴らした。インターホンから母の声。

「芹香です」

インターホンが切れ、間もなく玄関のドアが開いた。

「芹香、あなたね！　……え？」

第一声から母は絶句した。門の向こうに私と並んでいる背の高い男性に気づいたからだろう。動揺した様子で、私と彼を交互に見る。

そこに羽間さんが折り目正しくお辞儀をした。

「はじめまして。芹香さんとお付き合いさせていただいています。羽間と申します」

母は驚いた顔のまま、小さな声で「あら……」とつぶやいた。他に反応の仕方がわからなかったのだろう。

「恋人がいたなら早く言いなさいよ～」

鶴居家の居間には母の明るい声が響く。ソファに座る父もにこやかで、両親はそろって上機嫌だった。

向かいの席に私と羽間さんは腰かけていた。居心地が悪いのは私の方で、羽間さんはすでに私の両親を懐柔し、信頼を勝ち得ていた。

「いやぁ、弁護士さんを捕まえるなんて、我が娘ながらやるなぁ」

「芹香の会社の顧問弁護士をなさっているんでしょう。他にも企業を担当されているのかしら」

「ええ。大手企業とも契約がありますが、事務所が銀座にあるので、地域の老舗企業やボスと懇意にしている企業とのお仕事が多いですね」

両親は感心したようなため息をつく。大手企業、銀座の事務所……うちの両親が好きそうなワードを入れて会話してくる。

「こんなに素敵な人とお付き合いしていたら、芹香も実家になんか帰れないわよねぇ。結婚後も東京が拠点になるんでしょう」

「お母さん、結婚なんてまだ早いから」

結婚という言葉にぎょっとして、思わず母を睨んだ。しかし、母は私が一返すと十反論してくる人なのだ。

「早くないわよ！　あなたはもう二十八でしょ？　結婚して赤ちゃんを産んでと考えたら遅いくらいよ。近所のあなたのお友達、ほとんど結婚してるわよ！」

「結婚観は個人の問題だから」

苛立ちを押し隠して言うと、羽間さんが「まあまあ」と割って入ってきた。

「芹香さん、お母さんは心配しているだけだよ。急に恋人を連れてきたら驚くし、不安になって当然だろう」

それから両親に向き直って、あらためて頭を下げるのだ。

「お義父さんお義母さん、私は芹香さんと結婚を前提に交際しています。無責任なことは絶対しませんのでご安心ください」

もう羽間さんのオンステージだ。主役だ、この人。

権威主義で、肩書大好きな両親は、偽装彼氏役を演じる羽間さんをすっかり信頼している。

母が目頭の涙を拭って、うんうんと頷く。

「本当によかった。芹香みたいな子が、こんなに素敵な弁護士さんと縁づいて。羽間さん、この子、我が強くて困った子でしょう。ご迷惑をおかけしていないかしら」

「とんでもない。芹香さんはいつも私を和ませ、笑わせてくれます」

どういう意味で笑ってるのよ、と思いつつひきつった笑顔を見せておく私。母はなおも愚痴のような言葉を続ける。

「高校までは素直ないい子だったんですよ。でも第一志望の大学に落ちて、東京の水に染まってチャラチャラ大学生をしているうちに、すっかり跳ねっ返りになっちゃって。本当は弁護士にさせたかったんですよ、この子。なのに、全然駄目で」

弁護士になりたかったわけじゃない。させたかったのは両親だ。だけど、羽間さんや津田江くんの前で、私はその過去を口にしたことがない。

どうしていちいち言わなくていいことまで言うのだろう。そうまでして、私より優位でいたいのだろうか。怒りを抑え、膝の上で固く拳を握る。

私の心など知る由もなく、父までが明るい口調で付け足す。

「本当に恥ずかしい娘だったんですよ。せっかく法学部に入れてやったのに、司法試験にも挑まなかった軟弱者で。羽間さんからしたら、ただの馬鹿でしょう」

「いいえ」

きっぱりと響いた低い声。見れば、羽間さんは真顔になっていた。にこやかな空気にぴりっと走る緊張感に気づかないほど、両親とて無神経ではない。

「芹香さんの人生の選択を、ご両親が軽んじるのはいかがなものでしょう」

よく通る声と弁舌に、両親が気まずそうに黙った。

羽間さんはなおも続ける。

「芹香さんは職場では多くの同僚に頼られ、好かれています。私との仕事もいつも丁寧で、やりとりは誠意溢れる態度でした。何より、芹香さんは人生を楽しむことに意欲的で、審美眼があり、生きる力が強い。芹香さんの内側に宿るパワーに惹かれたのは私の方なんです」

「よ、陽さん」

それ以上言わなくていいと袖を引くけれど、彼の視線は向かいの席の両親に向けられたまま。

「どうか、私の未来の花嫁に悲しい言葉をかけないでください。私は芹香さんを自分の人生をかけて愛する宝物だと思っているんですから」

止めようと袖を引いていた手を思わずぎゅっと握った。胸が熱くなっていた。羽間さんは私の人生をどこまでも肯定してくれる。

いつも、どれだけ努力しても足りない気がしてきた。勉強も仕事も、やってもやっても完璧には届かない気がしていた。

真面目さではなく、あるのは強迫観念。それが両親から植えつけられ、自分で育ててしまった自己肯定感の低さだとわかっていた。

思えば羽間さんはずっと、意地悪な態度を取りつつも、私を尊重してくれていた。私の尊厳を守ってくれていた。今この瞬間もだ。

両親に悪気はないのだろう。無意識に私を支配下に置き、干渉を続けてきた。だから平気でこんな言葉が出るのだ。そこに、真っ当な見地から羽間さんに正論を言われ、萎縮してしまったようだった。

私は羽間さんに感じる熱い気持ちを胸に秘め、わざと明るい声を出した。ともかく、この場を穏便に収めよう。

「この話はもうおしまい！　陽さんは私にぞっこんなの！　過激派オタクってやつ？　だからこんなこと言えちゃうの。もう恥ずかしいからやめてよ～」

ふざけてバシバシと腕を叩くと、羽間さんもさらっといつもの調子に戻り、微笑んだ。

「ごめん、芹香さん。愛の言葉はふたりきりのときだけって約束だったね」

「もう、すぐそうやってふざけるんだから～」

目の前でイチャイチャしたやりとりを始めた娘と恋人に、両親が苦笑いし、空気は徐々にもとに戻っていった。しかし、羽間さんの言葉はおそらく両親に杭《くい》のように刺さっただろうと思う。

実家への滞在はほんの一時間程度だった。挨拶と称してお茶を飲んで終わり。帰りの新幹線を理由に私と羽間さんは席を立った。

「羽間さん、芹香をよろしくお願いします」

玄関先に見送りに出た母がそう言ってあらためて頭を下げた。羽間さんは笑顔でお辞儀を返す。

母が顔を上げ、私を見た。何か言いたげな様子を見せるので、私から口を開いた。

「お母さん、あのさ、もう生活に干渉してくるのはやめてほしい。しょっちゅう電話してきたり、東京のマンションに押しかけたり、結婚や将来の話を押しつけてくるのはやめて」

「芹香……」

「お父さんとお母さんが私を心配するのはわかったけど、もう二十八なんだ。ひとりの人間として扱ってほしい。私は私で楽しくやってるし、それはお父さんとお母さんに育ててもらったおかげでもあるから、安心して見守ってほしいよ」

私は言葉を切って、羽間さんの腕に自身の腕を絡めた。芝居がかっているかもしれないけれど、これは本心。私の希望。

「私には陽さんと歩きたい道があるし、見たい景色があるんだ。もう私から手を離して」

母は言葉が出てこないようだった。普段なら烈火のごとく反論がくるはずなのに、何も言ってこない。やはり母の心に、陽さんの言葉が届いているのだろう。

「元気にしてるとか、そういう連絡はもっとこまめに入れるようにするね」

「……わかったわ」

私と羽間さんが乗ったタクシーが見えなくなるまで、母は玄関で見送っていた。

まだ新しい駅舎、土曜の夕暮れ時。夏休みシーズンということもあり、若者の団体や親子連れの姿がまばらにホームにある。

それらの人たちから少し離れた場所に私たちは並んで立っていた。間もなく東京行きの新幹線が来る。

オレンジ色の夕焼けが窓からホームに差し込んでいた。日は少し短くなったように思う。

「芹香さんは、いつもああやって家族三人の輪を守ってきたんだね」

羽間さんが言い、私は彼を見た。

「羽間さんの言葉にうちの親が、鳩《はと》が豆鉄砲食らったみたいになったときのことですか？」

「言い方」と羽間さんがかすかに笑って、私を見つめた。

「自分を抑えてご両親のいい子であり続けるのが、幼い芹香さんの愛だった。だけど、もうあなたはあの頃の芹香さんじゃない。愛の与え方が変わったことが、ご両親にもわかったんじゃないかな」

「……私ひとりじゃ、いつも通り売り言葉に買い言葉で喧嘩《けんか》になってたかもしれません。羽間さんの言葉や立場に、両親は説得されたんです。悔しいけど、そういう人たちだから」

権威主義で、子どもを尊重しようという気持ちに乏しい。だけど、そんな両親が嫌いなわけじゃない。

「家族は難しいですね」

「そう感じるのは芹香さんが真剣に向き合っている証拠」

人間的に諦めなければならない部分はあり、お互いに押しつけ合わないという不可侵を決めなければ、簡単に崩壊する。

私は崩壊する前に、言葉にできた。両親にどこまで伝わったかはわからないけれど、実家を訪れたことは無駄ではなかったと思いたい。

「今日、一緒に来てくれてありがとうございます。また、羽間さんに助けてもらっちゃった」

「俺はあなたが好きだって、あなたのご両親に宣言しに行っただけだよ」

「羽間さん」

「あなたの勇気や凛とした姿勢を、尊敬してる。あなたにとって俺が信頼できない男でもね」

まばゆいほどの夕焼けが羽間さんの微笑みを照らしていた。

言葉が自然と溢れるのを、止められない。

「羽間さん、好きです」

私の告白に、羽間さんの目が見る間に大きく丸くなった。私は熱くなる頬のまま、気持ちを伝えた。

「あなたが好き。どうして私を好きなのかわからないし、意地悪だし、セフレとして好意を示されてるのかなって散々疑ってきたけど、もういい。私が気持ちを抑えられない。あなたが好き」

「芹香さん、それは……」

羽間さんの頬に朱が上った。それは夕焼けの下でも明らかなほどで、急激な反応に彼が心から喜んでいると伝わってきた。

「羽間さん、わかりやすすぎ」

「あなただって赤い顔をしてる」

「陥落します。好きです、陽さん」

言葉が終わるか終わらないかのうちに抱き寄せられた。勢い、鞄がホームの床にどさりと落ちる。ホームの隅とはいえ誰かが見ているかもなあと思ったけれど、嬉しくて拒絶できなかった。新幹線到着のアナウンスが流れる。

「新幹線、来ますよ」

「芹香さん、もうひと晩、帰したくないって言ったら……」

「泊まります。陽さんの部屋に」

抱擁を解いて、照れくさそうに笑った羽間さんの顔は、すごくすごく可愛かった。

深夜、目が覚めた私はベッドで身体を起こした。隣では羽間さんが眠っている。空調の音が響く室内は少し冷えていて、彼の肩に薄がけをかけ直した。

パジャマ用に借りた大きなTシャツをかぶり、リビングへ。そのまま、なんとはなしにベランダに出てみた。

海が近いせいか潮の匂いを風が運んでくる。日中より気温が下がり、風が気持ちいい。

「星、結構見えるなあ」

夏の大三角形を探し、思わずほおとため息が出た。

羽間さんと正式な恋人になってしまった。今更猛烈に恥ずかしい。自分から気持ちを伝えた。いつか彼に飽きられたらとか、実は他にもこんな女性がいるのではなんて思わないわけじゃないけれど、今は彼の気持ちを信じようと思う。私がそうしたいのだ。

羽間さんの部屋に帰り着いて、そのまま食事どころじゃなく求め合った。恋愛初期という言葉に相応しいほど、お互いに夢中で、全力で貪り合った。

(最初の晩みたいに激しくされてしまった。普段の彼と違うところがまたいいというか……)

普段は慇懃無礼だけど、紳士の態度を崩さない羽間さんが、情熱のあまり強引になるのがたまらない。もう無理だと懇願しても、なかなか離してくれず、何度も高みに上り詰めさせられた。

(雄みっていうのかな、ああいう感じ。ギャップがすごい)

私しか見えていないといった様子で愛をささやき、同じ愛を求める。そう、今までは身体だけと割り切って抱き合っていたから、彼がどんなに好意を見せても、私はそれに応えなかった。

(もう、好きって言っていいんだ)

私が『好き』と返すたびに、羽間さんの喜びが全身を通して伝わってきた。感情がすべて行為に反映されるので、いっそう激しく抱かれ、私は身もだえるはめになったのだけど。

(恥ずかしい……)

思い出して全身が熱くなるような行為の数々に頭を抱えていると、ベランダの引き戸が開く音がした。

そこにはTシャツにハーフパンツ姿の羽間さんがいた。

「芹香さん、眠れない?」

「なんか起きちゃって」

「喉、渇いてるでしょう」

そう言って手渡してくれたのは、冷たい炭酸水のペットボトル。ひと口飲んで、すごく喉が渇いていたのだと今更実感した。

「俺も飲みたいな」

「え、あ、どうぞ」

「そうじゃなくて」

唇をトントンと叩いてみせる羽間さん。キスで飲ませてほしいという意味だろう。今までの私のキャラなら絶対に断るけれど、羽間さんが甘えた態度を見せてくれるのは嬉しい。熱くなる頬のまま覚悟を決めて炭酸水味のキスをした。

こくんという音が伝わってくる。唇を離すと、羽間さんが目を細めて口元を拭った。

「ご馳走様」

「もう、そういうの心臓に悪いんで」

格好いいというか、男らしいというか。とにかく、いちいち心臓の鼓動が速くなるので、すごく身体に悪い。

赤い顔のまま目をそらす私を、面白そうに羽間さんが見つめる。

「芹香さんって、俺の顔も結構好きでしょ」

「陽さんほど整った顔、嫌いな人いないでしょう！」

「そんなことないよ。今は仕事柄真面目そうにニコニコしてるけど、昔はもっと無愛想な時期もあったし、振りきれてチャラついてた時期もあった。金髪だった頃はあんまりイメージよくなかったんじゃないかな」

「き、金髪、想像つかない」

羽間さんにもそんな時代があったのか。今の紳士然とした装いからは考えられない。

羽間さんはふっと笑って、ベランダの手すりにもたれた。

「昔々、羽間陽はなんでもできすぎて人生に飽き飽きしてたんだ。それこそ十代の最初の方でね」

私は彼の横顔を見つめる。羽間さんが自分のことを話してくれるのは稀《まれ》だ。

「家は裕福、学校は名門私立、勉強も人間関係も楽勝すぎて面白くなかった」

そんな人、本当にいるんだ。環境と能力に恵まれすぎて、飽きてしまう人。でも、羽間さんならわかる気がする。津田江くんもそうだけれど、極端に能力が高い人って、挫折や努力を知らない部分があるのかもしれない。

「兄弟そろって祖父から護身術を習ってたんだけど、それも俺が一番うまくてね。兄も弟もガツガツ勝負したい方じゃないから、なんだか俺ひとりがいつもつまらなかった。このまま大人になって普通に稼いで、楽しいことも見つからないうちに死ぬのかなって」

「今の陽さんとは違いますね。陽さん、少なくともつまらなそうには生きてないもの」

「変わったんだ。正確には変わろうって思えた。可愛い女の子と会って」

私はぴくりと肩を震わせた。それは元カノの話だろうか。せっかく昔話をしてくれているから流れを遮りたくないけど、過去の女性の話ならあまり聞きたくない。

「大学時代、オープンキャンパスのスタッフのバイトをしたんだけど、その子は親に言われてうちの学校を見に来てた」

私の戸惑いには気づかず、羽間さんは夜空に向かってひとり言のように続ける。

「育ちのよさそうな地方出身のお嬢さんで、電車が遅れたせいでギリギリの時刻に飛び込んできた。構内を案内して、個別相談って形で少し話したんだ。親に言われた進路でいいのかと悩んでる、それでも親元から離れて自分の道を行くために大学は目指す。それが自分なりの反逆だ、って」

「それって……」

頭の中を何かの断片が過った。古い記憶の欠片《かけら》だ。あれは確か暑い夏の日で、在来線が遅れて、乗る予定だった新幹線に乗れなくて……。

「自分の人生を楽しみたいって言われて、目から鱗《うろこ》だったよ。当たり前のことを五つも下の女の子に言われてしまった。それで考えた。俺は自分の人生を楽しもうとなんかしてなかったって。できることを適度にこなして、才能があるように気取っていただけ。真剣に物事に当たる人間をどこかで馬鹿にしてた」

静かな口調ににじむ彼の強い気持ちを目の当たりにし、私の心がざわめく。

「彼女が親の干渉から出ようと足掻いている姿に、未来に希望を抱いている姿に、羨ましい気持ちになった」

羽間さんが私に顔を向け、優しく微笑んだ。

「だから、色々やってみることにした。料理やアウトドア系の趣味、祖父の護身術もあらためて学び直した。俺が表面を撫でてできた気になっていただけで、何をしても取り組み方が違うと面白かったし、思ったよりうまくできなかった。大手弁護士事務所に入る予定だったけど、十河先生の事務所に入れてほしいと急遽《きゅうきょ》頼んだ。小さい事務所だからこそ、ひとつひとつの案件に手がかけられると思ったんだ。そうやって、少しずつ自分の人生を歩いている実感を得られるようになった」

穏やかに語られる思い出に、ざわめきが確信に変わる。彼が出会った女の子は……。

「あの夏会った高校生の女の子に、価値観を変えられた。本当に些細な出来事だったけど、俺は忘れられなかった。もう会うこともないだろう彼女がどこかで自立して前を向いて歩いているって考えると、俺も頑張ろうって思えた」

見つめた彼の瞳には真摯な光が宿り、その奥に私が映っていた。

「……その彼女と偶然再会したのは、一年半前」

「陽さん……私たち、過去に会っていますか？」

羽間さんがくしゃっと子どものように笑った。それが返事。

緩やかに浮かび上がってきた過去の映像に、私は目を見開いた。

「あの、金髪のお兄さんが……陽さん？」

「正解」

あの日、私を案内してくれた大学生だ。

派手な金髪で、ピアスも開いていて、チャラチャラした雰囲気が怖かった。最初は気遣ってやたらと明るく接してくれたけれど、深く話すほどに優しくて魅力的な人だと感じた。目が綺麗で、じっと見つめられるとドキドキしたのを覚えている。男性と親密に話す機会がほとんどなかったから、じっくり話を聞いてくれた彼のことは忘れられなかったのだ。

結局、あの大学には落ちてしまったし、彼も当時大学四年だと言っていた。会うことのない思い出の人だと思っていた。

「言ってくれたらよかったのに……」

両手で口元を押さえて言う私は、今更ながらに頬が熱くなり、涙がにじんできていた。そんなに前から私たちは出会っていて、それを羽間さんだけが知っていたなんて。

「俺の中の思い出だから、言わなくてもよかったんだ。でも、芹香さんと両想いになったら言いたくなった。俺、本当にあなたの過激派オタクなんだよ。古参のね」

私が両親に言った言葉をなぞって、羽間さんははにかんだように笑った。

「私、陽さんの母校には落ちてしまって。別の大学に行ったんです」

「うん、知ってる。だから、雲間工業で再会したとき、奇跡だと思った。あの頃の女子高生が立派になったって感慨深い一方で、大人になった芹香さんが可愛くて、気になって」

羽間さんが私の髪をひと房取ってするりと撫でる。

それから頬に手を移動させて、優しく包んだ。

「俺を変えたあなただから執着しているのか、今のあなたが可愛くて欲情してるのか、わからなかった。だけど、芹香さんを俺のものにしたいって思ったんだ。絶対に誰にも渡したくないって」

「そんなふうに思ってもらえるような女じゃないですよ」

「その自己評価が低いところは、直していいと思う。俺が毎日、あなたを褒めそやしたら、変わるかな」

「変わらないです。恥ずかしいです」

そう言って今更ながら恥ずかしさで沸騰しそうになっていた。十年以上前に出会っていた私たち。再会してからずっと好きでいてくれた羽間さん。

そんな彼の愛にすっかりほだされ、陥落してしまった私。

「なんか」

「何？」

「恥ずかしすぎて……陽さんの顔、見られないかも」

「可愛いことを言うね」

そう言って、羽間さんは私を抱きしめた。

「やっと、気持ちが通じた。やっと、あなたが俺の腕の中にいる。嬉しいな」

そっと見上げると、待ち構えていたようにキスされた。じっくりとねぶるように唇を味わいつくされ、彼のTシャツをぎゅっと引っ張っていた。

唇を離すと視線が交わる。思わず、どちらからともなく笑い合った。

「陽さん、金髪も似合いますね」

「ありがとう。たぶん、もうやらないけど」

深夜のベランダに潮の香りのする風が吹く。私と彼の髪を乱し、Tシャツをはためかせ、少しだけ秋を匂わせて。

9　苦手な彼が恋人になりまして

九月がやってきた。まだ連日真夏のように暑い日が続くものの、朝晩はわずかに秋の気配が漂い始めている。

私の異動辞令が出るのは九月半ば。内示は先日出たので、気持ちの上では徐々に引き継ぎの方向で動かなければならないと思っている。

この日、津田江くんをランチに誘ったのは、諸々の報告のためだ。会社近くのカフェでランチセットを頼んで向かい合った。

「山野部長に許可を取ったからきみにだけ言います。私、人事部に異動になるんだ」

「あー、そうなんすか」

大事な話をさらりと返されて、がくりと頭を垂れる私。

「あのねえ、きみは私なんかいなくても大丈夫かもしれないけれど、一応、私の仕事を全部引き継ぐのは津田江くんだからね！」

「わかってますって、頑張りますよ。あと、鶴居さんがいなくなるのはすげー寂しいっすよ。毎日人事部に会いに行っていいっすか？」

「嫌だけど」

「冷たい！」

津田江くんがキャッキャと笑い、つられて私も頬が緩んでしまった。この明るく清々しい男子に、色々な面で助けられたなあと思い返す。

「羽間さんとの窓口も津田江くんになるから、よろしくね。羽間さんも津田江くんも、できる男すぎて周りがたまについていけないから、ちゃんと周囲をよく見て、気遣って仕事するんだよ」

「羽間先生といえば……、今日ランチに誘ってくれたのは、そっちの報告かと思ったんすけど～」

津田江くんがにやーっと笑う。仕事の話をしていたというのに。

だけど、私も彼には報告するつもりでいた。

「ええと、その件につきましては……羽間さんとお付き合いすることになりました」

「おお！　やった！　鶴居さん、おめでとうございます！」

津田江くんが声をあげ、私の手を取ってぶんぶん振りながら握手する。思いのほか全力の祝福に面食らってしまった。

「私は、津田江くんに抜け駆けをお詫《わ》びするつもりだったんだけど」

「あの日、鶴居さんを送り出したのは俺じゃないっすか。俺としては、可愛い鶴居さんと好みのタイプの羽間さんがくっついてくれてラッキーっす」

何がラッキーなのだろう。ともかく、無邪気に祝ってくれる津田江くんは、案外素直で優しい後輩なのかもしれない。賢さゆえの暴走ばかり目についていたけど、いい子なんだなと感動する。

「いやあ、嬉しいな。で、早速なんですけど、ちょっと検討してほしいことがあるんですよね」

「何？　私にできることであれば考えるよ」

後輩の思いやりにじんときていた私は、身を乗り出し気味に彼の顔を覗き込んだ。すると、津田江くんはふにゃっと子どものように笑い、言った。

「今度、三人でセックスしません？」

「絶対に嫌！」

ノータイムで拒否の言葉が出た。私の反射神経もなかなかだ。

というか、昼日中のカフェで何を言いだしたんだ、この子は。いい子だなんて一瞬でも考えた自分を殴ってやりたい。

「え〜？　絶対、気持ちいいですって。俺、自信あるんで、安心して身をゆだねていただいて。後悔させませんよ！」

「そんな勧誘しても駄目！　倫理的に、そういうのは無理！　っていうか」

私は一瞬口ごもり、視線をそらして言った。

「陽さんは私の彼氏なので、きみが触るのは駄目……」

「あはは！　鶴居さんって案外独占欲強かったんですね～！」

景気よく笑われ憤慨したものの、目の前にランチセットのナポリタンが運ばれてきたので黙らざるを得なかった。

「独占欲云々《うんぬん》じゃなくて、普通のことです」

「いや、いいと思いますよ。そういう主張。鶴居さんはバンバンすべきっす。羽間先生、格好いいもんね」

津田江くんがフォークに手早くスパゲッティを巻きつける。口に運ぼうとして、ぴたっと止めた。私を見て、いたずらっ子のような顔になった。

「でも、羽間先生を悲しませたら、俺が全力で寝取りに行くんで。油断しないでくださいね」

「寝取っ……！　わ、渡さないから、絶対！」

ことさら大きな声が出てしまい、私は自分の口を押さえたのだった。

羽間さんと交際がスタートして、一番変わったのは土日の過ごし方だと思う。

「陽さん、お待たせしました」

「待ってないよ」

土曜日の朝から待ち合わせた私たちは、これから散歩と買い物、そして彼のマンションでゆっくり過ごすのだ。

ひとりで行動するのが大好きで、何事もひとりで楽しんできた私が、今は羽間さんと過ごす時間を優先している。

「ねえ、芹香さん。やっぱり無理してない？」

「何がですか？」

「ひとりの時間を何より大切にしてきたあなたが、俺にばかり時間を使うことを心配してるんだ」

緑道を歩きながら、そんなことを言われる。私はうーんと考え、彼を見上げた。

「もちろん、ひとりの時間は大事ですよ。だから、今夜はお泊まりしますけど、明日は帰るじゃないですか」

「それだって、あなたの自由時間を侵害していないか、ちょっと不安だよ。最初に無理させて、ストレスを溜めさせたくない」

「そんなに気にしなくていいのに」

「長く時間を共有する相手だと思ってるから、こういうすり合わせはしておいた方がいいと思うよ」

長く時間を共有する……という言葉に思わずほわっと締まりのない顔をしてしまった。私が照れているのを察して、羽間さんが苦笑いする。

「付き合ってみて、わかったでしょう。俺があなたばかりを見ていて、嫌われたくなくて必死なのが」

「愛されてるなあって感じます」

「好きだから自然体でいてほしいんだ。あなたがひとりの時間や、ひとりでの行動を楽しむなら、その邪魔はしたくない。過度に俺に合わせすぎないでほしい」

散歩の途中で寄ろうと話していた緑道沿いのカフェに到着する。人気店だけあって朝から混み合っていた。テラス席しか空いていなかったけれど、木陰と朝の空気で若干涼しいので構わなかった。

「私、確かに自分の時間や自分のペースを大事にしてますけど、陽さんといたいのも本当ですよ」

アイスカフェラテのグラスを手に席について、私はあらためて彼に向き直った。結婚や交際に後ろ向きだった理由に、このひとり時間の大切さを挙げてきた分、彼の中にはしこりになっているのかもしれない。

「ほら、親の干渉の反動でひとりサイコーってなってましたし、実際これからもひとりで行動したいときはするつもりです。だけど、そういうときは陽さんに言います。一緒に行きたいところは、ちゃんと誘います」

恋人に合わせすぎて、自分の楽しみを減らしたら、それはきっとお互いのためにならない。何より、私自身がひとりでもできることを羽間さんとふたりでしたいと思っているのだから、彼に遠慮してほしくない。

「いつか一緒に住んだら、四六時中顔を合わせるわけですし、その分別行動も増えますよ。どこのカップルも、そういうものじゃないですか?」

「一緒にかあ」

羽間さんがアイスコーヒーのグラスを置いてふふっと笑った。私はハッとする。自分から同棲《どうせい》を誘うようなことを言ってしまった。

「芹香さんさえよければ、いつでも一緒に住めるよ」

「まだ! まだ早いです!」

「いいじゃない。毎日おはようとおやすみを言い合える関係、幸せだな」

そう言ってから身を乗り出し、私の耳元に唇を寄せてくる。

「毎日、寝不足にさせちゃうかもしれないけど」

低いささやきに私は瞬時に全身が火照るのを感じた。ぱっと彼から身を引いて睨む。

「朝ですよ、まだ」

「夜ならいい？」

「そういう話じゃありません。ともかく同棲はもうちょっと先で。うちの両親が結婚だって騒ぎだしちゃうんで」

先月羽間さんを実家に連れていってから、両親はいつ結婚の話が出るのだろうと浮かれているはずだ。同棲するから住所が変わると言えば、沸きたってまた夫婦で東京に押しかけてくるかもしれない。

「ご両親からの圧はだいぶ減ったんだろう？」

「陽さんのおかげで『地元に戻れ』は言われなくなりましたよ。連絡自体が減ったというか。少しは私の話を聞いてくれる気になったのかな。娘の人生を尊重してくれるようになったなら嬉しいですけど」

「芹香さんの気持ちが伝わったんだよ。子どもに嫌われたい親はいないから」

それならいいと思う。気が合わなくても親子なのだ。

そして、あらためて両親に私の尊厳を説いてくれた羽間さんに感謝の気持ちを覚えた。

「話を戻すけど、同棲も結婚もいつだっていいよ。俺は」

「気が早い！　まだ付き合ってひと月経ってません！」

「十年以上前に出会ってるし、再会してからずっと俺は好きだったから、全然問題ない」

一切の遠慮がなくなった羽間さんは、言葉でも行動でもぐいぐい愛をぶつけてくる。将来についても、あっという間に外堀を埋められて結婚の流れになりそう。それが嬉しい私も大概なんだけど。

（もうじき、一緒に仕事をすることがなくなるって、彼が知ったらどうだろう）

辞令が出るのはあと数日後。そうしたら羽間さんにも伝えるつもりだ。

プライベートでは恋人同士になった私たちだけど、結びつけた仕事は別になる。それが少しだけ寂しい。

羽間さんが私の手にそっと自身の手を重ねる。手をひっくり返して繋いだ格好にすると、優しく握り返された。

「日差しが強くなってきたね。散歩と買い物を済ませたら、一緒にシャワーを浴びようか」

「そうやって、また私を動揺させようとしてるでしょう」

「いや、本気で言ってる。芹香さんとシャワーを浴びて、昼間からベッドに直行したい」

繋いだ手の力がぎりぎりと強くなるので、私は自分の手をむしり取って抗議した。

「欲望がストレートすぎです！　今日は陽さんの手料理を振る舞ってもらう約束でした！」

「手料理は……うん、それは約束した。でも……！」

「今夜はお泊まりなので、こう……イチャイチャ的なのは……夜まで我慢してください」

ひそひそとささやくと、そのまま顎をつかまれ、頬にキスされた。ここ、カフェのテラスですけど。誰も見ていなくても、そういうことしちゃう人でしたっけ。

見上げれば、嬉しそうに頬を赤らめる羽間さん。ああ、この人は私に恋をしているんだ。

そう感じると全身に血がめぐる感覚がして、嬉しくて胸が苦しい。私もまた、同じように彼を見つめているのだろう。情熱を秘めた、恋する瞳で。


九月半ば、私の異動辞令が出た。

十月一日から人事部の所属となる。あらかじめ津田江くんには言っていたし、引き継ぎも進めていたのでスムーズに異動できるだろう。

法務部の先輩たちには異動を残念だと言われ、異動が決まったと報告した営業担当たちにも惜しまれた。退職するわけじゃないし、人事部に異動なので関わることはこの先もあるはずだ。それでも、自分が法務部にいた意味のようなものを感じた。

（案外頼りにされてたんだなあ）

誰よりも仕事ができないと思っていたし、自信がなかった私だけど、自己評価以上に周りは見てくれていたのだ。

ただ、ここまで手掛けていた仕事ともう関われないのはやっぱり少し寂しい。

「羽間先生、お越しいただいてしまってすみませんね～」

今日も山野部長の媚びた声が響く法務部の応接室。諸々の打ち合わせもあるけれど、担当変更の件で挨拶をすることになっていた。

「メールで担当変更を伺ったときは驚きましたよ」

羽間さんは微笑んで私と津田江くんを交互に見ている。

その張りつけたようなニコニコ笑顔が言っている。『どうして黙っていたのかな？』と。

だって社内の事由だし、公になるまでは恋人でも関係者の羽間さんには言えなかったのだ。こういうところが堅いのかもしれないけれど、最後まで責任ある態度を示したかった。

「津田江くんとはもうツーカーの仲だと思いますし、羽間先生としてもやりやすいかと思っているんですよ」

「俺らツーカーっすよね～。っていうか、ずぶずぶの仲？」

山野部長の言葉に津田江くんがいつも通り調子に乗った発言をかぶせる。ずぶずぶってなんだかイメージが妖しいんですけど。

「ええ、津田江くんは頼りにしていますよ。ですが、鶴居さんには本当にお世話になったので、寂しいです」

熱心な瞳を向けてくる羽間さん。恋人になった今だからわかるけれど、彼は今、ちょっと匂わせをしている。明らかに私を見る目に特別な感情があるもの。

津田江くんなんか気づいてにやにやしているけれど、山野部長にまで気づかれたらどうしよう。

「異動先は人事部ですか。もう、なかなか会えないなあ」

「そ、そうですね。でも、社内にはおりますので」

「またいつか、一緒にお仕事ができる日を夢見ています」

羽間さんはどこまでも紳士的にそう言ったけれど、私は冷や汗をかきっぱなしだった。

「陽さん、山野部長の前であれは困りますよ」

打ち合わせの後、私は羽間さんをエントランスまで送ることにした。一応注意しておかなければと思ったのだ。

「あれとは?」

仕事モードの敬語のまま、羽間さんはニコニコしている。

「意味ありげな態度の話です」

「以前からしてますよ。私は鶴居さんと親密だとアピールしたいので」

「うう。意地悪やめてください。……異動のこと、言わなかったのはすみません」

「それについては内緒だったのが寂しいですが、立場上言えなかったというのが、あなたらしいのでいいですよ」

エレベーターを降り、受付前を横切ってホールを抜ける。私も一緒にエントランスから外に出た。オフィスビルの横の植栽の前で彼を見上げた。

「本音を言えば、陽さんと仕事ができなくなるのは寂しいです」

「おや、私のことが苦手だったのに？」

「苦手でしたけど、その百倍も頼りになる弁護士さんだって知っていますから」

それに、今や私の大事な人でもある。少しだけ笑って、私は続けた。

「多くのことを教えてくださりありがとうございました。何度も助けられました。法務の仕事からは離れますが、仕事上学ばせていただいたことは忘れません」

すると羽間さんがふっと微笑んだ。

「先ほど言いました。またいつか、一緒にお仕事ができる日を夢見ている、と」

「え、はあ」

「何年先かわかりませんが、私が独立したときにあなたが隣にいてくれたら助かりますね」

私は口を開けて、思わず呆けた顔で見上げてしまった。それって、私を雇いたいってことかな。

「パ、パラリーガルとして？　ですか？」

「それもそうですが、公私ともにパートナーとして……というのはいかがでしょう」

ぶわっと目の前が開ける感覚がした。胸がドキドキして、感極まって喉の奥と目の奥が熱くなってきた。

それがあなたの夢？　その夢には、あなたの隣に私がいるの？

「芹香さん、そういう顔をされると仕事モードが崩れるのでやめてもらえる？」

「や、あの、ごめんなさい。嬉しくて」

「あー……可愛い」

羽間さんは素に戻って、照れた顔で天を仰いだ。彼は彼なりにこの話をするのに、緊張していたのだなとわかった。

「陽さんの夢なんですね」

「そう。あなたが隣にいてくれたら、絶対に楽しい」

「喜んでおともします」

私は嬉し涙を堪えて、一生懸命笑った。羽間さんの頬はわずかに赤く、とても嬉しそうな笑顔だった。

エピローグ

人事部に異動して半年が経った。想像はしていたけれど、人事部は人事部で日々忙しい。私は主に採用関係を担当している。大学生向けの情報発信やイベントの業務が多く、四月のこの時期は来年度の採用に向けての活動が本格化するのでやることが多い。また一方で、四月に入ってきたばかりの新入社員の研修も一部担当しなければならず、目が回る忙しさである。

「鶴居、顔が死んでる～」

「鶴居さん、やつれてますよねえ」

この日、ぐったりした私を左右から抱えるように退勤しているのは加納先輩と津田江くんだ。接点のなかったこのふたり、私を挟んでなんとなく昼食などを一緒にとるようになり、最近では三人で飲みに行くことも増えた。今日もこれから三人で食事の予定である。

「やつれても可愛いですけど、目の下のクマが可哀想すぎる」

「ちゃんと寝てる？　寝かせてもらえてる？」

「加納先輩、それなんの揶揄《やゆ》っすか。羽間先生の前で言った方がいいっす」

想像で勝手なことを言う先輩と後輩に疲労で文句ひとつ出てこない。

なお、このふたりはともに恋人募集中だが、お互いは『ない』そうだ。年齢差ではなく、『恋人って感じじゃない』とのこと。まあ、飲み友達として、私含めて三人で遊ぶのは楽しいのでいいですけれど。

というか、疲れすぎて反論やツッコミができないのはちょっと重症かも。

仕事より、一番メンタルにきているのは、最近陽さんと会えていないということ。

彼もかなり多忙で、大きな企業の債務整理が入り、地元企業の訴訟でも頼りにされ、平日はほぼ会えない。休日は疲れさせるだけだろうからと、私からは会わないと言ってある。

彼は、私がひとりでいたいから会うのを断っていると思っているだろう。

違う。違うのだ。

私だって陽さんに会いたい。だけど彼はどこまでも優しいから、私を優先しようとしてしまう。甘やかして、とろけさせてくれるけれど、それでは一方的な搾取になっているような気がするのだ。

私は彼に何も与えられていない。

ああ、こんなふうに考えてしまうのも自己評価が低いせいかな。なかなか、思考の癖って変えられない。だけど、彼には私といて楽しいと思ってほしいし、少しでも損をさせたくない。だから、疲れているときに無理して会ってほしくないのだ。

「やっぱり、今日は帰ろうかなあと思うんです」

疲労からつぶやくと、ふたりが引き留める。

「明日、土曜でしょ。帰りはタクシーに乗せてあげるから」

「美味しいごはん食べましょうって。お酒は飲まなくていいんで」

結局、ふたりに引きずられるように繁華街の新しい商業ビルまでやってきた。有名レストランがいくつも入っていて、加納先輩がこの中の創作料理の店に行きたいって言うから来たんだけど、思いのほかこじゃれた雰囲気。加納先輩の好みは赤ちょうちん系居酒屋だから、意外というか……。

「鶴居さん」

津田江くんに声をかけられ、私は彼の指さす方に視線をやる。人の流れの中によく見知った人を見つけた。私は口の中だけで「あ」とつぶやく。

「津田江くん、加納さん、本当にありがとうございます」

歩み寄ってきたのは陽さんだ。会いたかった陽さん。でも、どうしてここにいるの？

　わけがわからない顔をしている私に、加納先輩がにまにま笑って言う。

「今日は羽間先生に頼まれて、鶴居をここに送ってきただけなんだよ～」

「え？」

「鶴居さんが遠慮して羽間先生に会いたがらないからですよ。羽間先生、確かにお届けしましたからね～」

　津田江くんと加納先輩によって、私は陽さんの腕の中へすぽっと収められてしまった。

「はい、確かに受け取りました。大事にします」

「仲良くしてくださいね～」

「いつでも俺を呼んでくださいよ。交ざりに行くんで」

　津田江くんを小突いて、加納先輩が歩きだす。ふたりは手を振って、笑顔で去っていった。

「陽さん……」

「世話焼きのふたりに頼んで正解。芹香さん、忙しいからって避けるのはやめてほしいんだけど」

「ごめんなさい」

背中側から抱きしめられた格好で思わずしゅんとしてしまう。

「あなたのことだから、休日まで俺を縛りたくないとか、疲れさせたくないとか思っていたんでしょう」

「……そんな感じです」

はーっと深いため息をついて、彼は言った。

「あなたに会えない方がつらいよ」

多くの人が横切るのが恥ずかしいので、私はそっと彼の腕を外す。そして、向き直る格好で頭を下げた。

「ごめんなさい。私は陽さんといられたらそれだけで嬉しいけど、……陽さんはいつも私に尽くしてくれるから……ごはんとか、色々……甘やかしてくれるし……負担になりたくなかったの」

「芹香さんに尽くせるのは俺の喜びで、負担っていうのはあなたの決めつけ」

「だけど、一方的にもらってばかりな気がしちゃって」

陽さんは困ったように眉を寄せ、それから深いため息をついた。

あきれられてしまっただろうか。今日だって、津田江くんや加納先輩にまで協力を頼んで会いに来てくれた陽さん。そんな彼を傷つけたくない。

「俺は充分もらっているけれど、あなたは俺に何もあげられていないと思うわけだ」

陽さんはそう言って、まっすぐ私を見た。

「それなら、あらためて俺にください」

「何を」

「芹香さんのこの先の人生」

そう言って、陽さんは私の手にポケットから取り出した小さな箱を握らせた。それはどう見てもリングケースである。

「陽さん……これ」

「結婚しましょう。あなたが遠慮する隙なんか与えない。愛されすぎてうぬぼれて、馬鹿みたいに幸せそうに笑っているあなたが見たい」

私の手の中のリングケースを彼が開く。繊細だけどシンプルなデザインのダイヤモンドリングが鎮座していた。

「返事はいつでもいいよ。とりあえず、俺の部屋に帰ろう。あなたに何を食べさせようか、ずっと考えて準備していたんだから、今日はお腹いっぱい食べて」

そう言って私の肩を抱いて歩きだす。私は手の中のリングケースをきゅっと握りしめ、溢れてきた涙を拭うこともできず歩いた。彼の隣は居心地がよくて幸せで、今のままでも充分なのに、これ以上与えられてもいいのだろうか。幸せになりすぎてしまってもいいのだろうか。

いや、きっと、私が思う以上に、私が彼に与えているものもあるのだ。

そして、一生涯をかけて、この気持ちを彼に伝え続けよう。隣にいるというのはそういうことだ。

「陽さん……」

「何？」

「結婚する……したいです」

「うん、ありがとう」

「陽さんとずっと一緒にいたいよ」

面倒くさくこじれた私を、どこまでもすくい上げ、そのままでいいと言ってくれる彼に感謝したい。

出会った頃からずっと私を一途に愛してくれたこの人。その愛に同じだけの愛を捧《ささ》げたい。

両親に認められなかった傷を癒し、私の尊厳を守ってくれた陽さんを、私も守っていきたい。

「陽さん、ありがとう。あなたに会えたのが、私の人生で一番楽しい事件だよ」

「それは俺のセリフ。芹香さんに会って、俺の人生が始まったんだ」

陽さんはそう言って、私の髪にキスを落とした。

「これからはふたりの人生だよ」

頷いて、新たに溢れてきた涙を手のひらで拭った。涙は全然止まらなくて、気づけば笑顔もこぼれていた。

苦手だった慇懃無礼な変わり者の彼は、私にとって最愛の人になり、生涯の伴侶になる。その奇跡を大事に抱き、いつまでもともに歩いていきたい。そう願った。


（了）

番外編　羽間陽は鶴居芹香が好きで好きでたまらない

「陽さん、そっちのダンボールだよ」

「こっち？」

「そうそう」

彼女の指示に従ってダンボールを開けると、探していたシーツがタオル類とともに入っていた。新品のシーツは本来水を通してから使いたいところだが、この家にはまだ洗濯機が搬入されていない。もっと言えば、ベッドだってさっき入ったばかりだ。

「シーツ、かけてくるよ」

「お願いしまーす」

そう言う彼女はカーテンの取りつけ作業中だ。電気や水道、ガスはもう通っているが、今日引っ越してきたばかりの俺たちふたりの新居は、ダンボール箱があちこちに積まれ、家具はまばらで生活空間としてはまだまだだ。

「芹香」

「なあに、陽さん」

「明日も休みだから、荷解きはゆっくりやろうよ」

「うん。そうだね」

少しだけくだけた口調、甘い新婚の空気。俺と彼女は半年後に結婚式を挙げることが決まり、今日から同棲生活に入る。

ふたりの職場に通いやすい立地を選んで借りたマンションは、俺がひとりで住んでいた部屋よりやや広い。いずれ家族が増えたら、また住み替えが必要かもしれないが、俺の仕事や彼女の仕事も加味してそのときに話し合えばいいと思っている。

シーツをかけ終え、今夜の食事はどうしようかと考える。キッチンにもダンボールが積まれていて、かつて芹香が土産でくれたチンアナゴのおたまが顔を覗かせている。まだ料理できる状態ではないなと思ったところで、玄関のチャイムが鳴った。宅配便で届いたのはこれまたダンボール箱。

「あ、うちの実家からかも」

「芹香の荷物？」

「アルバムを送るって母が。でも、なんで引っ越し当日に送りつけてくるかな～。荷物の整理が大変なときに」

「確実に家にいると思ったんじゃないかな」

アルバムという言葉にそわそわしてしまう俺を見て、芹香が「開ける？」と尋ねてきた。迷わず頷いた。荷解きを後回しにしても、芹香のアルバムが見たい。

ダンボール箱の中からは、年季の入った分厚いアルバムが数冊。薄いアルバムがいくつか。そして、卒業アルバムや文集が出てきた。

「文集とか……捨ててくれていいのになあ」

ぶつぶつ言う芹香の手からアルバムを受け取り、ページをめくる。

「可愛い」

赤ちゃん時代、小学生時代、中学生の頃……。純朴そうで無垢な雰囲気と愛らしい顔立ちがものすごく胸にくる。そして、最初に出会った高校生の芹香のスナップに、いとおしさで眩暈《めまい》がした。

「……っ！　可愛すぎる……！」

「いや、大袈裟《おおげさ》よ。普通の女の子だからね」

俺からしたら、世界一可愛い女の子である。今も可愛いが、昔も可愛い。困った。アルバムを見ているだけで今日が終わってしまうかもしれない。

「ところで、大学時代の写真が成人式くらいしかないんだけど」

「上京してたから、親が管理してないの。あんまり写真撮ってないし。何枚かプリントアウトしたものが残ってるはずだけど、他の荷物の中だから整理したらね」

知らない時代の芹香をもっと見たいというのに。俺のあからさまに不満な顔を見て、芹香が困ったように笑った。

「むしろ、陽さんの写真も見たいんだけどなあ。アルバムはご実家？　今度行ったときに見ていい？」

「中学生のときは死んだ目をしてるし、高校生のときは世の中を舐めた顔をしてるし、大学時代は金髪だけど、それでもいい？」

「その変遷を見たいの。初めて会った金髪の陽さんを思い出したいな」

俺が昔の彼女を知りたいように、彼女が俺の成長過程を見たいというのは愛かもしれない。それは嬉しいが、今は目の前の芹香のアルバムが大事である。

「待って、少し芹香の成長を慈しみたいから、時間ちょうだい」

「言い方が気持ち悪いなあ」

「はあ。人生二周目があるなら、初めて出会ったあのときに、高校生の芹香と連絡先を交換するよ」

俺の思いつめた顔に、芹香が口の端をひくつかせる。

「それは学生バイトの身としてまずいのでは？」

「すぐにご両親にも挨拶をするから問題ない。信頼を勝ち取った上であなたに勉強を教える。大学はどこでもいいから入れて上京させて告白して、二十歳でプロポーズする」

自分を変えてくれた稀有《けう》な少女を運命の人だとわかっていれば、遠回りせずに済んだのだ。芹香が他の男と恋愛を経験することも避けられた。青田買いでも紫《むらさき》の上《うえ》計画でもなんでもいい。若くて初心《うぶ》な芹香を俺のものにしてしまいたかった。

「え、こわ。目が本気なんだけど」

「本気だからね。完璧な計画だと思わない？　人生二周目があればの話だけど」

「怖い怖い」

芹香が本気で引いた顔で言うので、笑ってしまった。交際して一年ちょっとになるけれど、まだまだ俺の全部は見せきれていないようだ。

鶴居芹香が好きすぎて、彼女の過去未来、つま先に髪の毛一本まで執着してしまう。そんな男と結婚してしまうけれど、あなたは本当にいいのだろうか。まあ、逃がす気はまったくないので、覚悟だけ決めてもらおうと思う。

「ごめんね、変な男に捕まったと思って諦めてくれる？」

にっこり笑うと、ため息をついて芹香が近づいてきた。背伸びして俺の首に腕を回し、頬にキスをしてくる。

「とっくに諦めてるよ。好きになった私の負け」

その返事がすごく嬉しくて、腰を支えるように抱き寄せ、唇を重ねた。

そのままどうか俺から離れないで。俺の腕の中にいてくれたら、一生をかけて最高の幸せをあげるから。

だけど彼女は自由で、本当は俺がいなくても生きていける人なのだ。この人にそばにいてほしいのは俺の我儘《わがまま》。

あなたが遠くに歩きたくなったとき、隣を歩いていいと思われる男でありたい。ついてきてと言ってもらえるようになりたい。それが俺の愛の成就なのだと思う。

「もう、荷物の整理、全然進まないよ」

唇をそっと離すと、芹香が困ったように笑った。

「明日でいい」

俺はささやいて、彼女の頬にキスをした。

「だって、この先はずっと一緒なんだから」

番外編　羽間陽は永遠の愛を誓う

芹香がいなくなった。……失踪というと大袈裟である。結婚式を明日に控え、前泊していたホテルからふっといなくなってしまった。

「原因が俺だから、謝るしかないんだが……」

がらんとしたツインルームを眺め、俺はひとりつぶやいた。芹香が出奔した原因は些細な喧嘩。まあ、俺が悪い。それは自覚がある。

明日の結婚式と二次会の後に、津田江くんが三次会を主催してくれているのだが、芹香は頼りになる後輩にとても感謝していた。

『津田江くんにはちゃんとお礼をしなきゃね。何がいいかなあ』

予約が取れない名店でディナーをご馳走するとか、彼の好きそうなアクティビティを三人で試しに行くなどと計画をしている彼女につい『そこまでしなくてもいいんじゃないか？』と言ってしまった。

津田江くんは恋のキューピッドであり、友人でもある。しかし、俺に対しても芹香に対しても好意を見せていた。いや、今だって隙あらば芹香に好意を示すお調子者である。

『でも、彼、すごく頑張ってくれたんだよ。陽さんは労いたいって思わない？』

『〝労う〟の範疇を超えてない？　津田江くんを喜ばせたいのはわかるけど』

俺の冷たい言葉に芹香が黙る。険悪というほど悪い空気ではなかった。ただ俺が追加した言葉がよくなかった。

『あまり津田江くんには隙を見せない方がいい。あなたは慣れた人には簡単に油断するから』

カチンときたのは顔を見ればわかった。彼女は昔からそうだ。

『そうね！　油断したから陽さんに引っかかったんだものね！』

苛立った声で言い、彼女は部屋を出ていってしまった。

彼女だって子どもじゃないのだ。結婚式を明日に控えて遠出をするわけはない。落ち着けば、すぐに帰ってくるだろう。

しかし、余計なひと言で彼女を怒らせたのは俺である。

恥ずかしながら、芹香と仲がいい津田江くんにはいまだに嫉妬の情を覚えてしまう。

俺は彼女と仲を深めるのにかなりの時間を要したが、津田江くんはあっという間に懐に入り込み、弟のようなポジションを獲得した。芹香が特別扱いすれば、やはり気に食わない。

しかし、子どもじみた嫉妬を芹香にぶつけたのはよくなかった。

こんな気持ちで結婚式前日を過ごすのはお互いに嫌だ。

「捜しに行こう」

スマホを手に立ち上がると、芹香からメッセージがきていた。開けば写真が一枚だけ。晴れた空と海、欄干にはユリカモメが二羽止まっている。ホテル近くの公園で撮ったのだろうとわかった。

「これはここに来いってことかな」

わけがわからないが、他にヒントもないのでホテルを出て公園へ向かった。

海辺の公園は潮の匂いが濃い。ユリカモメや鳩が群れていて、上空には鳶《とび》が飛んでいた。公園から見える海は水面がキラキラ光っている。遠く、空港から飛び立つ飛行機が見えた。

送られてきた写真と見比べて撮影場所を特定したが、散歩する人の中に芹香はいなかった。もう移動してしまったようだ。

「どこに行っちゃったのかな」

思わずため息が漏れる。たいした喧嘩ではないと思っていた。しかし、芹香の中では些細な不満が溜まっていたのかもしれない。

付き合う前は散々意地悪だと言われたし、からかいや嫉妬を彼女はうっとうしく思っていた可能性もある。今はそれでも上手に合わせてくれているのだろうが、俺の持てあますほどの愛情に彼女が辟易《へきえき》する日だって、いつかくるのではないだろうか。

式前日に、芹香が立ち止まりたくなっていたとしたら……。

するとスマホが振動した。新たな写真が送られてきたようだ。

「このモニュメント、どこかで見たぞ」

妙な形のモニュメントの写真を眺め、近隣のホテルのものであるとようやく思い至る。式場の下見に来たときに、芹香と面白いねと眺めたのだった。

急ぎ足でそのホテルを目指す。ベイエリアのホテル群は観光客が多く、皆楽しそうな様子で半ば駆け足の俺の横を通り過ぎる。到着したばかりの団体客の間を抜けて、モニュメントの前にやってきた。きょろきょろと人混みを捜すが、そこにも芹香はいなかった。

芹香が結婚を思いとどまりたくなっていたら……。

先ほどよぎった不安な気持ちは、この時点でだいぶ薄らいでいた。

「俺を振り回すなんて、さすがだね」

これらの写真は芹香からのヒント。追いかけてこいというつもりなら、彼女は俺の性質をよく見抜いている。俺を試しているのだ。

次の写真が示し合わせたようなタイミングできた。

写真には婚約指輪をつけた彼女の左手。その背景には深い茶色のテーブルと緋色《ひいろ》のカーペットが見えた。

「芹香の手？」

わかってきたぞ。結婚式の準備中、彼女と話したことを思い出す。

俺は迷わずモニュメントのあるそのホテルのロビーに入った。

高層階のラウンジまで上ると、あたりを見回す。そのとき、またしてもスマホが振動した。見れば、三段のケーキスタンドと紅茶が写っている。アフタヌーンティーセットだ。

そしてスマホの向こう、窓辺の席でそれらをひとりで楽しんでいる芹香の姿があった。ひとりで出かけるのが得意な彼女らしく、堂々とした様子だ。

「式場の下見に来たとき、このホテルのアフタヌーンティーにいつか行きたいって言ってたね」

緋色のカーペットを踏みしめて近づき、話しかける。芹香が首をめぐらせ俺を見上げた。動じる様子がないところを見ると、俺が捜し当てるとわかっていたのだろう。

むっつりと黙っているので、構わず向かいの席に座った。

「ごめん。迎えに来た」

「……油断するし隙がある女なのは事実だけど」

芹香は窓の方にふいと顔を向けた。

「でも、あなた以外にぐらっとなんかこないんだから」

その言葉に胸がぎゅっと絞られるような感覚がした。俺はこの言葉を言わせたかったんじゃないかと自分の欲深さに恥ずかしくなる。

「全部、俺の嫉妬。芹香は悪くない」

彼女をじっと見つめると、ようやく視線がこちらに戻ってきた。少しすねたような顔はしているけれど、俺を見つめ返してくれる。

「芹香が他の人間に親切にするたび嫉妬してしまう。津田江くんが悪いわけじゃないのにね。嫌味なことを言ってごめん」

「陽さんが嫌味で意地悪なのは今に始まったことじゃないからいいんだけど、疑われるのは心外です」

そう言って芹香がテーブルの向こうから手をのばしてきた。右手を差し出すとぎゅっと両手で握ってくる。

「陽さんだけが大好き。この先もずっと」

「芹香」

「明日ちゃんと誓うけど、先に言っておくから。これからの生涯、愛するのはあなただけ」

自分で言って、見る間に頬を赤く染める芹香。いとおしさに胸がいっぱいになって、うつむいて呻く俺を芹香が覗き込む。

「陽さん？」

「ごめん、嬉しくて意識が飛びそうになってた」

「そこまで？」

いとしい気持ちを込めて、ぎゅっと手を握り返して顔を上げた。

「俺も愛するのは芹香だけ。もうずっとあなたしか見えてない」

自分で始めておいて、芹香は赤い顔で手を引っ込めた。それでも、満足そうに頷いているので、どうやら仲直りは成功のようだ。

「追いかけてきてくれるだろうと思って、アフタヌーンティーはふたり分なの。陽さんの分の飲み物も頼もう」

ドリンクメニューを差し出してくるので受け取った。

「独身最後のデートになるね」

「本当だ」

そう答えて、彼女は楽しそうに笑った。

明日俺たちは永遠の愛を誓う。それはただの通過点で、俺たちが深く結びついている事実は変わらないけれど、それでも俺は嬉しい。

想い焦がれた最愛の女性が、明日俺の妻になる。

あとがき

こんにちは、砂川雨路《すながわあめみち》です。『愛執弁護士は秘め続けてきた片恋を一夜限りで終わらせない』をお読みいただきありがとうございました。

今回のお話は私の大好きな執着系男子がヒーローです。愛が重くて、ヒロインのことが大好きな敬語ヒーロー。そしてぐいぐいくるヒーローに押されつつ、負けないヒロイン。そんなふたりの恋愛バトルストーリーとなりました。

シンデレラストーリーではありませんし、懐妊もありません。私自身は、書いている最中「こんなお話が書きたかったんだよな～」と楽しくて仕方ありませんでした。ヒロイン・芹香、ヒーロー・羽間ともにお気に入りのキャラクターです。所謂、当て馬男子の津田江くんもいい仕事をしてくれました。このお話を書き終えるのが寂しいくらいでした。

番外編は、その後のふたりのお話を二編。終始、羽間の愛が重いですが、楽しんでいただければ幸いです。

最後に、本書を出版するにあたりお世話になった皆様に御礼申し上げます。

カバーイラストをご担当いただきました鳩屋ユカリ先生、クールでちょっと意地悪そうな羽間と愛らしい芹香を描いてくださりありがとうございました。

デザインをご担当くださったデザイナー様、本作もありがとうございました。

担当様、いつもありがとうございます。

そして、本書をお読みくださった読者様ありがとうございます。楽しみにしてくださる読者様の存在に支えられています。

それでは、また次回作でお会いできますように。

砂川雨路

マーマレード文庫

愛執弁護士は秘め続けてきた片恋を一夜限りで終わらせない

2025年3月15日　第1刷発行　定価はカバーに表示してあります

著者　砂川雨路　©AMEMICHI SUNAGAWA 2025
発行人　鈴木幸辰
発行所　株式会社ハーパーコリンズ・ジャパン
東京都千代田区大手町1-5-1
電話　04-2951-2000（注文）
0570-008091（読者サービス係）
印刷・製本　中央精版印刷株式会社

Printed in Japan ©K.K. HarperCollins Japan 2025
ISBN-978-4-596-72676-6

乱丁・落丁の本が万一ございましたら、購入された書店名を明記のうえ、小社読者サービス係宛にお送りください。送料小社負担にてお取り替えいたします。但し、古書店で購入したものについてはお取り替えできません。なお、文書、デザイン等も含めた本書の一部あるいは全部を無断で複写複製することは禁じられています。
※この作品はフィクションであり、実在の人物・団体・事件等とは関係ありません。

m a r m a l a d e b u n k o